...GUE

...DES

...LUSQUES

...RESTRES ET FLUVIATILES,

VIVANTS ET FOSSILES,

...E CONTINENTALE ET INSULAIRE,

...PAR ORDRE ALPHABÉTIQUE;

Par MM. les Docteurs

...RATELOUP (*pour les espèces vivantes*),

ET

V.te RAULIN (*pour les espèces fossiles*).

BORDEAUX.

...IE DE TH. LAFARGUE, LIBRAIRE,

RUE BUHTS DE BAGNE-CAP, 8.

1855.

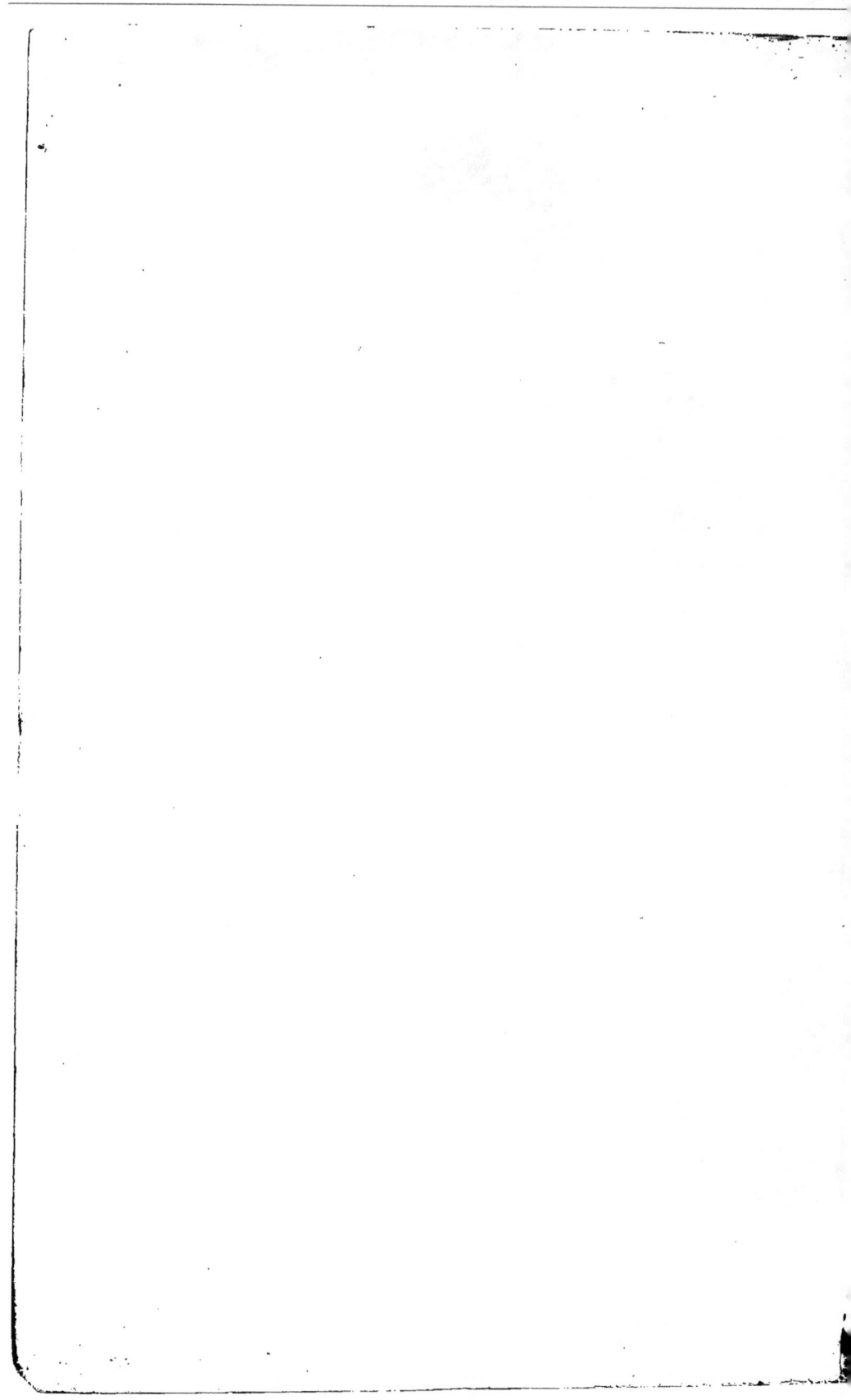

MOLLUSQUES

TERRESTRES ET FLUVIATILES, VIVANTS ET FOSSILES

DE LA FRANCE CONTINENTALE ET INSULAIRE

©

CATALOGUE

DES

MOLLUSQUES

TERRESTRES ET FLUVIATILES,

VIVANTS ET FOSSILES,

DE LA FRANCE CONTINENTALE ET INSULAIRE,

PAR ORDRE ALPHABÉTIQUE;

Par MM. les Docteurs

DE GRATELOUP *(pour les espèces vivantes)*,

ET

V.^{or} RAULIN   *pour les espèces fossiles).*

BORDEAUX.

IMPRIMERIE DE TH. LAFARGUE, LIBRAIRE,

RUE PUITS DE DAGNE-CAP, 8.

1855.

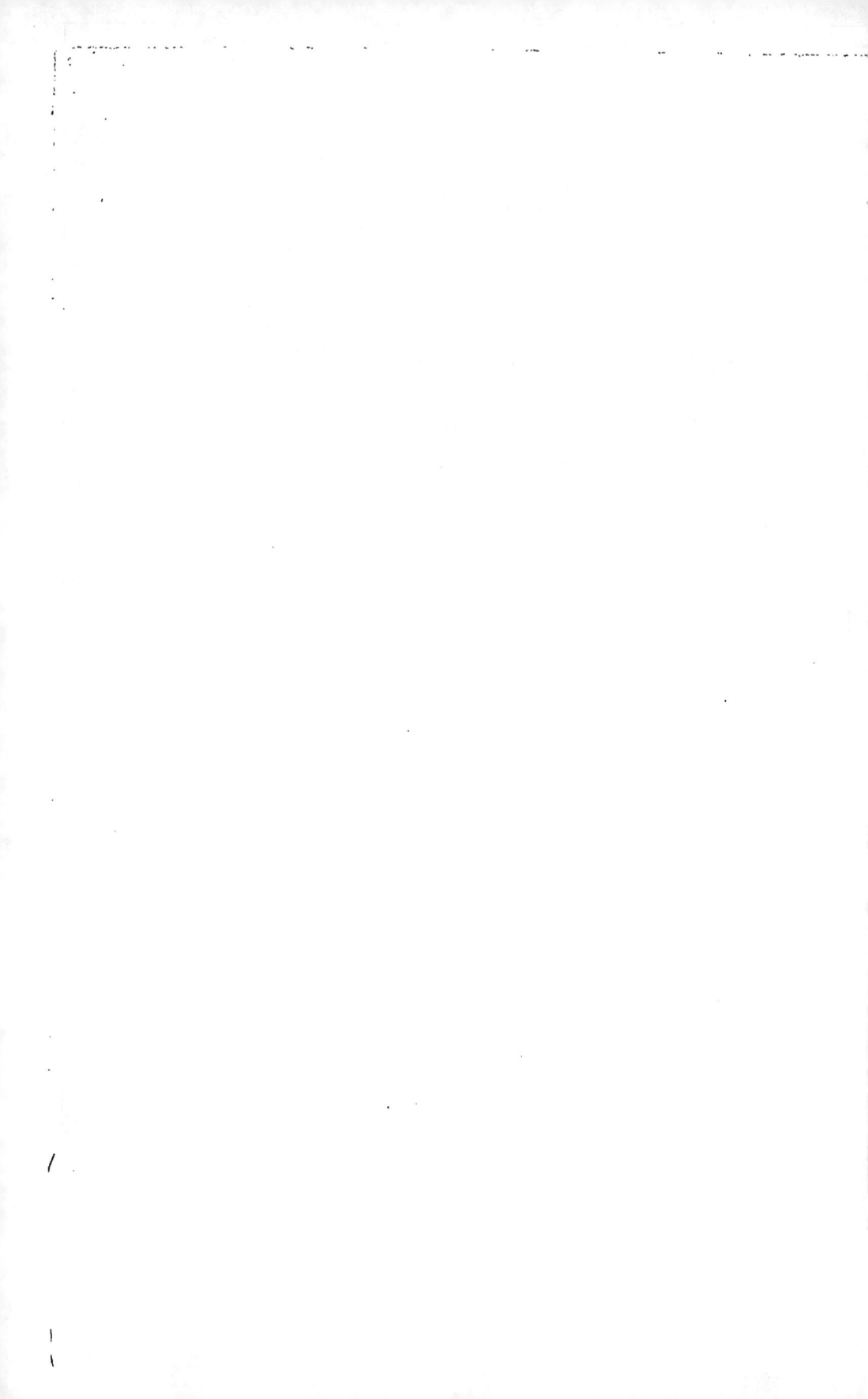

AVERTISSEMENT.

Le Catalogue nominal, que nous offrons aujourd'hui, est un recensement général assez complet du nombre de mollusques terrestres et fluviatiles, vivants et fossiles de la France continentale et insulaire. Nous avons profité, pour les espèces vivantes, des meilleurs ouvrages qui ont été publiés jusqu'à présent sur la Malacologie française, principalement de celui de Draparnaud et de ceux de MM. Michaud et Dupuy (1). Notre savant collaborateur, M. Raulin, a également épuisé son sujet, à l'égard des recherches concernant les espèces fossiles des divers bassins de la France.

Nous aurions vivement désiré améliorer notre travail, en empruntant les citations et les faits intéressants afférents à notre sujet, qui certainement existent dans deux

---

(1) M. l'abbé Dupuy, outre son ouvrage en deux volumes, in-4.º, sur l'*Histoire naturelle des Mollusques* (1849-1850), a inséré à la suite du premier volume, page 330, un Catalogue ayant pour titre : *Catalogus extra-marinorum Galliæ Testaceorum* (1849). Ce Catalogue est une simple liste alphabétique des genres, et des espèces, sans désignation d'aucune localité. Le nombre des mollusques en entier y est de 348 espèces.

ouvrages importants qui s'impriment actuellement, savoir : l'*Histoire naturelle des Mollusques de la France*, de M. Moquin-Tandon, dont il n'a paru que deux livraisons, et l'*Enumération des Mollusques terrestres et fluviatiles de la France continentale*, de M. Henry Drouët, annoncée déjà depuis longtemps (1).

Notre catalogue, accompagné des deux Tableaux statistiques, que nous venons de publier sur les Mollusques, a pour but la classification géographique des Faunules des départements, selon les divisions générales de la France, et leur distribution selon les régions ou zones naturelles qui s'y rapportent. Les mêmes considérations nous ont amené a désigner pour les espèces des mollusques vivants très-répandues, les grandes divisions indiquées par les noms de France entière, presque entière, France septentrionale, méridionale, orientale, occidentale, centrale. — Mais quand il s'est agi des espèces peu répandues, nous nous sommes bornés à citer exactement les contrées, les pays, les départements ou les stations particulières où elles ont été signalées. Au reste, ces habitations géographiques seront indiquées, avec plus de détails, dans le *Synopsis méthodique*, dont l'impression est commencée. Les divers bassins géologiques ont été aussi très-fidèlement indiqués pour les espèces fossiles.

Nous avons dû rétablir provisoirement, et peut-être à tort, au rang d'espèce, un certain nombre de mollusques litigieux, de presque toutes les familles, placés tantôt parmi les variétés, tantôt indiqués comme espèces distinctes, par conséquent regardés comme douteux : mais en agissant ainsi, nous osons espérer que ce tort,

---

(1) Mon savant ami, M. Drouët, vient de me communiquer son ouvrage. Mon catalogue étant déjà imprimé, j'ai eu le regret de n'avoir pû profiter de tous les bons renseignements qu'il m'eut été si utile d'y puiser.

si c'en est un, ne paraîtra pas aussi grave qu'on pourrait l'imaginer, désirant, surtout, ne point encourir le reproche d'appartenir pas plus à l'école facile qu'à l'école sévère, car l'une et l'autre ont leurs dangers. Les noms de ces espèces sont écrits, dans ce catalogue, en lettres italiques. La réserve ayant été la règle de notre conduite, nous avons préféré de les laisser subsister parmi les espèces, plutôt que de les reléguer au rang des variétés, jusqu'à nouvelle vérification, qui permettra de prononcer d'une manière absolue. Mais à ce sujet, qu'il nous soit permis d'observer qu'un pareil examen pour être complet et sûr, exigera des conditions importantes. Cette révision devra être faite, selon nous, sur une grande échelle. Les comparaisons des espèces devront être établies sur un grand nombre d'individus de divers âges, provenant de localités différentes. Il faudra tenir compte des influences qui résultent de leurs habitations. L'animal comme la coquille, seront étudiés soigneusement. S'il est possible d'en faire l'anatomie, ce sera un bon moyen d'arriver à de solides résultats. La nécessité d'une pareille vérification se faisant sentir davantage parmi les *Limaciens*, et parmi les *Nayades*, où règne encore de l'incertitude à l'égard de plusieurs espèces, nous appellons l'attention des naturalistes pour tâcher de les dissiper. Ne serait-ce pas là, le sujet d'un travail bien intéressant et bien utile pour des savants laborieux réunis, qui voudraient s'en occuper? Nous n'ignorons pas, que déjà plusieurs genres de la famille des Nayades ont été naguères soigneusement élucidés, par divers naturalistes d'un grand mérite. Les Anodontes ont été parfaitement étudiées par MM. le D.r Baudon, Ray et Drouët, et par M. Normand de Valenciennes; les Cyclades, les Sphæries et les Pisidies, par M. Bourguignat; tout récemment les Pisidies de la Gironde et de l'Agenais, l'ont été d'une manière digne d'éloges, par M. Gassies. Espérons que ces habiles observateurs achèveront leurs œuvres si heureusement commencées !

L'anatomie des mollusques, ouvre une ère nouvelle à la Malacologie ! Elle fournira, certainement, des caractères organiques du plus grand intérêt et bien supérieurs aux caractères conchyliens. Mais qu'on ne s'y trompe pas, ces caractères anatomiques ne suffiront pas seuls ; il faudra toujours les associer avec les caractères artificiels retirés de l'examen de la coquille.

Nous ne saurions, non plus, assez appeler l'attention des conchyliologistes sur un autre sujet. Un grand nombre de départements de la France sont privés de leurs Faunules malacologiques. Il serait à désirer que cet utile travail fût accompli ; mais qu'il le fût surtout dans les conditions que nous avons tracées dans nos Tableaux statistiques. Nous voudrions que ces Faunules fussent précédées d'un aperçu topographique de la contrée ; que la nature géologique du sol y fut essentiellement indiquée, de même que les conditions climatologiques ; celle des altitudes orographiques, ainsi que les localités géographiques, bien orientées, pour chaque espèce de mollusques. On n'y négligerait pas la citation des divers végétaux appartenant aux régions naturelles. Quant aux noms à donner, pour les *espèces nouvelles*, il serait préférable, à notre sens, de choisir des dénominations géographiques, autant que possible, plutôt que des noms d'hommes. Enfin, pour terminer, nous ne saurions indiquer d'ouvrages plus parfaitement exécutés, comme modèles à imiter, que la *Description des Mollusques du Portugal*, par M. Morelet (Paris, 1845) et l'*Essai des Mollusques terrestres et fluviatiles des Vosges*, par M. le docteur Puton (Épinal, 1847).

D.ʳ DE GRATELOUP.

Bordeaux, Juin 1855

CATALOGUE

DES MOLLUSQUES

TERRESTRES ET FLUVIATILES, VIVANTS ET FOSSILES,

DE LA FRANCE CONTINENTALE ET INSULAIRE,

PAR ORDRE ALPHABÉTIQUE.

～∽∾⊙∾∽～

GASTÉROPODES TERRESTRES.

LIMACIENS.

Genre Ier. — ARION.

Espèces vivantes.

1. ALBUS, Férussac.	Fr. or. et occ., Alpes, Pyrén.	
2. ATER, Fér.	H.-Pyr., Barèg., à 1800ᵐ d'alt.	
	(de Saulcy).	
3. BRUNNEUS, Draparnaud.	France mérid. , Montpellier.	
4. FUSCATUS, Férussac.	France septentrionale, Paris.	
5. HORTENSIS, Férussac.	France entière.	
6. INTERMEDIUS, Normand.	France sept., Valenciennes.	
7. LEUCOPHOEUS, Normand.	*Id.*	*Id.*
8. MELANOCEPHALUS, Faure-Biguet.	Alpes Dauphinoises.	
9. RUFUS, L. (*A. empiricorum* F.).	France entière, Corse.	
10. SUBFUSCUS, Draparnaud.	Fr. mérid. , centr., occid.	
11. TENELLUS, Millet.	Fr. centr. Maine-et-Loire.	
12. VIRESCENS, Millet.	*Id.*	*Id.*

Espèces fossiles.

. . . .

. . . .

Genre II. — LIMAX.

Espèces vivantes.

1. *Affinis*, Millet. — Anjou, Thorigné.
2. AGRESTIS, L. (*L. antiquorum*, F.). — Fr. mér., centr. occ., Corse.
3. ALPINUS, Férussac. — Hautes-Alpes.
4. *Ater*, Linné, Muller. — France mérid. , centr.
5. CINEREUS, Muller. — France ent., Corse, Bastia.
   Var. *colubrinus*, Grat. — Bordeaux, Cambes.
6. COLLINUS, Normand. — Fr. septentr., Valenciennes.
7. *Filosus*, Férussac. — Fr. orientale, Alpes.
8. *Flavidus*, Férussac. — Fr. or. , occ. , Alpes, Pyrén.
9. *Flavescens*, Férussac. — Fr. septentrionale.
10. FULVUS, Normand. — Fr. septentr., Valenciennes.
11. GAGATES, Draparnaud. — Fr. presq. ent., Pyrén., Corse.
12. MARGINATUS, Muller, Drap. — Fr. mér. , Languedoc.
13. *maximus*, Lin. — Fr. presq. ent., Par., Auverg.
14. PARVULUS, Norm. — Fr. sept. Valenciennes.
15. *reticulatus*, Mull. — Fr. sept.
16. RUSTICUS, Millet. — Fr. centr., Anjou.
17. *salicium*, Bouillet. — Fr. centr., Auvergne.
18. *scandens*, Norm. — Fr. sept., Valenciennes.
19. *sylvaticus*, Drap. — Fr. presque entière.
20. TENELLUS, Mull., Drap. — Fr. mér.
21. *valentianus*, Fér. — Fr. mér., Pyr. or.
22. VARIEGATUS, Dr. (*L. flavus*, L.). — Fr. presque entière.

Espèces fossiles.

1. AGRESTIS, L. — Bassin médit.
2. LARTETII, Dupuy. — Bassin aquitanique.

Genre III. — TESTACELLA. .

Espèces vivantes.

1. BISULCATA, Dupuy. — Fr. mérid. Provence; Grasse.
2. COMPANYONII, Dupuy. — Pyr. or., St-Mart. du Canigou.
3. HALIOTIDEA, Draparnaud. — Fr. presq. entière excepté la Fr. sept.; Corse.
4. BURDIGALENSIS, Gassies (sp. nov.?). — Bord., Gradig., Blanquefort.
5. MAUGEI, Fér. — Dieppe (introduite).

Espèces fossiles.

1. ASINIUM, M.cl de Serres.   B. méditerranéen.
2. BROWNIANA, M. de Serr.   Id.
3. HALIOTIDEA, Drap.   Id.
4. LARTETII, Dup.   B. aquitanique.
5. DESHAYESII, Mich.   B. bressan.

Genre IV. — PARMACELLA.

Espèces vivantes.

1. GERVAISII, Moq.-Tandon.   Fr. mér. La Crau, près Arles.
2. VALENCIENNII, Web. et V. Bened. Id. Arles.

Espèces fossiles.

1. UNGUIFORMIS, Gerv.   B. médit.

HÉLICÉENS.

—

Genre V. — VITRINA.

Espèces vivantes.

1. ANNULARIS, Stud. Fér.   Fr. alpine, Hautes-Alpes.
2. *Audebardi*, C. Pfr.   Fr. mér. centr., Auvergne.
3. *Beryllina*, C. Pfr.   Fr. pyr., H.es-pyr.; rég. alp.
4. DIAPHANA, Drap., Fér.   Fr. presque entière.
5. DRAPARNALDI, Cuvier, L. Pfr.   Fr. sept. centr.
6. ELONGATA, Drap. Fér.   Fr. sept., Pyr., Vosges.
7. PELLUCIDA, Müll. Rssm.   Fr. sept., orient., occid.
8. PYRENAICA, Fér.   Fr. pyr.e, région alpin. Pyr.
    occid. Vall. d'Ossau. 500 à
    600 m. d'alt. (de S.).
9. *subglobosa*, Mich.   Fr. alp., Grande-Chartreuse.
10. *vitrea*, Fér.   Fr. alpine.

Espèces fossiles.

1. RILLYENSIS, De Boissy.   B. parisien.

Genre VI. — SUCCINEA.

Espèces vivantes.

1. AMPHIBIA, Drap. (*S. putris*, L.). France presq. entière.
   — Var. *Thermalis*, Boubée. Hautes-Pyrénées.
2. ARENARIA, B.rd Chantereaux. Hautes-Pyr., Fr. occ. sept.
3. BAUDONII, Drouët. Fr. sept. occ., Oise.
4. CORSICA, Shuttlew. Corse, Bastia, Ajaccio.
5. LONGISCATA, Morelet. Fr. médit. Provence.
6. HUMILIS, Drouet. Troyes, Vosges.
7. OBLONGA, Drap. (*Vitr. elong.*, Fér. var.). Fr. sept. mérid. occ.
8. OCHRACEA, Betta. Troyes.
9. PFEIFFERI, Rossmasl. Fr. presque entière.

Espèces fossiles.

1. PUTRIS, De Blainv. B. méditerranéen.

Genre VII. — HELIX.

Espèces vivantes.

1. ACULEATA, Muller. Fr. presq. ent. Corse, Hyèr.
2. *adnumerata*, Parreyss. Fr. mérid.
3. ALBELLA, Dr. (*H. explan.*, Mull.). Fr. mér. litt. médit. Hyèr.
4. ALGIRA, Linn. Fr. médit.. Prov., Corse, Bonifacio, Hyères.

    Var. *corsica*, Grat. Corse.
    Var. *maxima*, Boub. Pyr.-Or., Perp., Castel-Rouss.
    Var. *parvula*, Fr. mér., Prov.
5. ALLIARIA, Miller. Fr. or., Rhône, Mont Pilat.
6. ALPICOLA, Fér. Fr. sept., or., Jura.
7. ALPINA, Fér. Fr. alpine, H.-Alp., Isère.
    Var. *minor*, Faur.-Big. H.-Alp., Gr.-Chart.
    Var. *Fontenilii*, Mich. France orientale.
8. ALTENANA, Gaertn. (*H. rufescens*, Dup.). Fr. sept., or.
9. AMBLIELI, de Charp. Fr. mérid.
10. ANGIGYRA, Ziegl. Fr. alp., Fr. sept.
11. APERTA, de Born. (*H. naticoides*, Drap.). Fr. mér., Prov., Corse, Hyères.

    Var. *viridis*, Requien. Ajaccio, Bastia.
    Var. *brunnea*, Requien. Bastia.

12. APICINA , Faur.-Big.   Fr. mérid., Pyr., Toulouse, Corse, Bonifacio.

     Var. *fasciolata.*   Montpellier.

13. AQUITANICA, Grat. (1) (*H. fusca?* var.) Fr. mér., S. O., Aquit., Dax.

14. ARBUSTORUM , Lin.   Fr. sept., alp. centr. Nemours.

     Var. *brunnea*, Bouillet.   Puy-de-Dôme, env. de Paris.

     Var. *picea*, Ziegl.   Fr. alp.

     Var. *alpicola*, de Charp.   Alp.

15. ARENOSA, Ziegl.   Fr. mér., litt. océan., Biarritz.

     Var. *concolor*, Shuttlew.   Corse.

     Var. *lutescens* (*H. secunda*, Costa). Fr. mér., occ.

     Var. *nigricans*, Grat.   Gironde, env. de Bordeaux.

     Var. *scalaris*, Fér.   Fr. mér., occ., Bord., Toul.[se]

     Var. *sinistrorsa*, Fér.   La Roch., Brest, Dax, Bord.

     Va. *tenuior*, Shuttl.   Corse.

16. ASPERSA, Mull.   Fr. presq. ent. Vallée de Barèges, 1000[m] d'alt., Corse, Hyères (de S.).

17. BIDENTATA, Gmel. (*H. bidens*, Zgl.). Fr. alp., Bas et H.–Rh.

18. BLAUNERII, Shuttl. (*H. cellaria*, var.?). Corse.

19. BREVIPES, Drap. (*Daudebardia*). Fr. sept.?

20. BURDIGALENSIS, Grat. (2) (*H. variabilis*, var.?). Aquit., Cestas.

21. CANDIDISSIMA, Drap.   Fr. mér., litt. méd., Hyères, Corse.

22. CANDIDULA, Studer.   Fr. presque entière.

23. CANTIANA, Mont. (*H. carthusiana*, Dr. var.). Fr. sept., mér.

24. *Canigonensis*, Boubée.   Pyr.-Or., pic du Canigou.

---

(1) Test. succineo-virens, imperforata, subdepressa ; nitida, tenuissima, translucens, subtilissimè ac obliquè striata ; anfractib. 5; convexiusculis ; vertice obtuso ; apert. sublunar.; perist. simpl., acut., fragilissim. Diam. maj. 8 mill. Alt. 5 mill.

Hab. in hortis ad arbor. et suffructic. imprimis ad Rosas. St-Pandelon prop. aq. Tarbell. apud Cl. amic. de Laurens, CC. Autumnali tempore. Mont-de-Marsan, Agen.

(2) Test. umbilicata, suborbic. conic. vel pyramidat. substriata ; fasciis linearib. rar. fusc. subinterrupt.; spira obtusa ; anfract. major. subrot.; apert. subr.; perist. acut. intùs marginat. rubente.

Hab. in cricet. ac sylvatic. arenos. Cestas propè Burdigal. Julio , Aug., Sept. — Diam. maj. 12 mill. Alt. 9 1/2.

25. *caperata*, Montagu. — F., occ., mérid., Dax, Arles.
26. CARASCALENSIS, Fér. — Fr. Pyr., rég. alp., Gavarnie, 2700ᵐ d'alt. (de S.).
    Var. *glacialis*. — H.-Pyr., Barèg. 1850 à 2500ᵐ d'alt. (de S.).
    Var. *Pyrenaica*. — Pic du Midi. 3000ᵐ d'alt. (de S.)
27. *carthusiana*, Mull. (*H. Galloprovincialis?* Dup.). — Fr. ent., Corse, Hyères.
28. CARTHUSIANELLA, Drap. — Fr. entière, Corse, Hyères.
29. CELLARIA. Mull. — Fr. sept..occ. centr., Corse, Hyères.
    Var. *major*, Shuttlew. — Corse, Bastia.
30. CERATINA, Shuttl. (*H. tristis*, Pfr.) — Corse, Ajaccio.
31. CESPITUM, Drap. — Fr. médit., Fr. mér. occid., Corse, Hyères.
    Var. *sinistrorsa*, Boub. — Pyr. or., Ceret, Perpignan.
32. CESTASIENSIS, Grat. (1) (affin. *H. variabilis*). — Cestas, pr. Bord.
33. CILIATA, Venetz. — Fr. mér., Alpes, Ste-Baume.
34. *cincta*, Mull. — Fr. mérid.
35. CINCTELLA, Drap. — Fr. mér., oc., Corse, Hyères.
36. COBRESIANA, Alten. — Fr. alpine.
37. COMPANYONII, Aléron. — Pyrén. orient.
38. *concinna*, Jeffreys. — Fr. sept. or. Jura, Lyon.
39. CONICA, Drap. (*H. trochoides*, Poir.). — Fr. mér., Litt. médit., Corse, Hyères.
    Var. *depressa*, Requien. — Corse, Aleria.
40. CONOIDEA, Drap. — Fr. mér. Litt., méd., Corse, Hyères.
    Var. *alba*. — Corse, Hyères.
41. CONSPURCATA, Drap. — Fr. mér. cent., Pyr. or.,Corse.
    Var. *minor*, Requien. — Corse, Ajaccio.

---

(1) Test. umbilicata, subfusca, conoideo-sub-pyramidat. subtilissimè striata; fasciis confluentib. brunneis maculat. punctulat. ornata; circum umbilicum zona majore candida; anfract. 4-5 convexiusculis, apert. rotundat. lunari; perist. acut.; Columell. reflexa.

Diam. maj. 11 mill. Alt. 9 m.

Hab. Cestas prop. Burdigal. apud Cl. Brousse, in umbros. sæpè pedib. muror. — Aut. tempore.

42. *constricta,* Boubée (non Pfr.). Pyr. occ., St-Mart. d'Albéron.
43. CONTERMINA, Shuttlew., Pfr. Corse.
44. CORNEA, Drap. Fr. mér. cent., Corse, Hyères.
    Var. *minor,* Boub. Pyr. occ.
    Var. *spuammatina,* M. de S. Pyr. or., Gir., Litt. de la Gar.•
45. CORSICA, Shuttlew. Corse, Aleria.
46. COSTATA, Mull. Fr. presque entière.
47. COSTULATA, Ziegler (Non Fér.). Fr. sept. or., Vosges.
48. *crenulata,* Pfr. Fr. alpine? Lyon.
49. CRISTALLINA, Mull. Fr. entière.
    Var. *major.* Fr. mér. occ.
50. *depilata,* C. Pfr. Drap. Fr. sept. occid. centr. Vosg.,
                                  1300m Albères.
51. *Desmoulinsii,* Farines (*H. cornea?* var.). Pyrén. or.
52. *diaphana,* Villa. Fr. mérid.
53. EDENTULA, Drap. (*H. cobresiana,* var.?). Fr. alpine, Bresse,
                                                Jura.
54. ELEGANS, Gmel. Fr. mér. méd. Corse, Hyères.
55. ERICETORUM, Drap. Mull. Fr. entière, env. de Barèges,
                                  1800m d'altitud., Corse,
                                  Bastia, Hyères.

    Var. *oceanica,* Grat. Littor. océan., Biarritz.
    Var. *alba,* Grat. Dax, Bordeaux.
    Var. *scalaris,* Grat. Dax, les Landes de Seyresse.
56. *fasciola?* Drap. La Rochelle ? ?
57. FOETENS, Stud. Fr. alpine, Hautes–Alpes.
58. FONTENILII, Mich. Alp. fr., Grande–Chartreuse.
59. *frigida,* Jan. Alp. françaises.
60. FRUTICUM, Mull. Fr. sept. or. centr., Rhône.
    Var. *rosea.* Lyon, Corse.
61. FULVA, Mull. Fr. presq. entière. Corse.
62. FUSCA, Mont. (*H. aquitanica?* var.) Boul. sur mer. Aquit.•
63. FUSCOSA, Ziegl., Pfr. Corse, Litt. médit.
64. GALLOPROVINCIALIS, Dupuy. Provence, Grasse.
65. GLABELLA, Drap. Fr. mér. sept., Dauph., Seine,
                          Lyon, Dijon.
66. GLABRA. Stud. (*H. cellaria?* var.) Fr. sept., Hautes-Alpes, Jura,
                                          Voges.

67. GLACIALIS, Thomas.   Fr. Alpine, Isère, 2000ᵐ.

67. GLACIALIS, Thomas.   Fr. Alpine, Isère, 2000^m.

68. HISPANICA, Pfr. (*H. lactea,* var.?) Fr. mér., Pyr. or.

69. HISPIDA, Linn.   Fr. presque entière, Pyrén., Barèges. 1800^m (de S.).

70. HOLOSERICEA. Stud.   Fr. sept., Hautes-Alpes, Gr.-Chartreuse.

71. HORTENSIS, Mull.   Fr. entière, Hyères.

     Var. *sinistrorsa,*   Montpellier, Avesne.

     Var. *scalaris.*   Montp., Gironde, Auvergne.

     Var. *subfusca.*   Dax, les roch. cray. de Tercis.

72. HOSPITANS, Bonelli.   Fr. mérid., Prov.

73. HYALINA, Fér.   Fr. sept., Alp., Corse, Bastia.

74. HYDATINA, Rossm.   Fr. or., Rhône, Lyon, alluv. du Rhône.

75. INCARNATA, Mull.   Fr. presque entière.

76. INCERTA, Drap. (*H. Olivet. Gm.*) Fr. occ. mér., H.ᵉˢ-Pyr., Barèges, 1800^m d'alt. (de S.).

77. INSUBRICA, Jan.   Fr. alpine.

78. INTERMEDIA, Fér.   Fr. alp., Hautes-Alpes.

79. INTERSECTA. Poiret.   Fr. mér. occ.

80. LACTEA, Mull.   Fr. m., Pyr. or., Corse, Hyèr.

81. LAPICIDA, Lin.   Fr. presque entière.

     Var. *subscalaris,* Grat.   Auvergne, Clermont, Bord., Ste-Croix-du-Mont.

82. LENTICULA, Fér.   Fr. mér., Pyr. or., Collioure, Corse.

83. LIMBATA, Drap.   Fr. ent., Pyr, ravin d'Ayré, 1250^m (de S.).

     Var. *subscalaris.* Gass.   Bordeaux, Agen.

84. LUCIDA, Drap.   Fr. sept. or., H.ᵉˢ-Alp., Corse.

5. MARITIMA, Drap.   Fr. méd., Litt. méd., Corse, Hyères.

86. MELANOSTOMA, Drap.   Fr. mér. médit., Prov., Corse. Hyèr., Bonifacio.

87. MONODON, Fér.   Fr. sept. alp.

88. MONTANA, Fér.   Fr. alp., H.ᵉˢ-Alpes, Jura.

89. MOUTONII, Dupuy.   Fr. mér., Prov.. Grasse.

90. MURALIS, Mull.   Fr. mérid.

91. NEGLECTA, Drap.	Fr. mér., Corse, Bastia, Hyèr.
92. NEMORALIS, Lin.	Fr. ent. Hes-Pyr., Cors., Hyèr.
Var. *gigantea*.	Ariège, Auvergne.
Var. *sulfurea*, Grat.	Fr. entière, Corse.
Var. *scalaris*, Boub.	Hautes-Pyrén., Toulouse.
Var. *sexfasciata*, Boub.	Tarn-et-Garon., Moissac, Par.
Var. *sinistrorsa*, Boub.	Lyon, Auvergne, Aigueperse.
Var. *nigrescens*, Grat.	Dax, landes de Buglose.
93. NICIENSIS, Fér.	Fr. mér., Grasse, Bas.-Alpes.
94. NITENS, Mich.	Fr. mér., Or. Bordeaux, Alp., Corse, Hyères.
95. NITIDA, Mull.	Fr. sept. occ., Corse, Hyères.
96. NITIDOSA, Fér.	Fr. sept., centre Auvergne.
97. NITIDULA, Drap.	Fr. sept., Alpes, Rhône.
98. NUBIGENA, de Saulcy.	Hautes-Pyr., Barèges, 2500 à 3000m d'alt. (de S.).
99. OBSCURATA, Porro, Pfr.	Corse, Saint-Florent.
100. OBVOLUTA, Mull.	Fr. ent. Gironde, littoral de la Garonne.
101. *Olivieri*, Fér.	Fr. occ. mér., Litt. méd.
102. PELLUSCENS, Shuttlw.	Corse, Bigaglia.
103. PERSONATA, Drap., Lam.	Fr. sept. Jura, Hautes-Alpes, Bas-Rhin, Haut-Rhin.
104. PISANA, Mull.	Fr. ent. Corse, Hyères.
Var. *globosa*, Lmk.	Corse.
Var. *albina*.	France, Corse.
Var. *depressa*, Reg.	Corse.
Var. *scalaris*.	Toulouse.
Var. *oceanica*, Grat.	Litt. occ. de Biarritz.
105. PLANOSPIRA, Lam.	Fr. mér., Hautes-Alp., Corse.
106. PHALERATA, Ziegl.	Hautes-Alpes, Haut-Rhin.
107. PLEBEIA, Drap.	Fr. sept., Jura, Lyon, Isère.
108. POMATIA, Lin.	Fr. sept., orient. cent., Auv.
109. PULCHELLA, Mull.	Fr. ent., Corse, Hyères.
Var. *sinistrorsa*, Boub.	Lyon.
Var. *scalaris*.	Meuse, Drome, Valenciennes.
Var. *sinistrorsa*.	Vichy, Verdun, Paris.

110. POUZOLZII. Payraud. '	Corse, Bastia, Bonifacio.
111. *pura*, Alder.	Fr. sept. orient.
112. PYGMÆA, Drap.	Fr. mér., sept., occid.
113. PYRAMIDATA, Drap.	Fr. méd. Alp. Corse, Hyères.
114. PYRENAICA, Drap.	H.es.-Pyr., Pyr. or., Canigou.*
115. QUIMPERIANA, Fér.	Fr. occ., Quimper, Brest.
116. RADIATA, Pfr.	Fr. mérid.
117. RADIATULA, Alder.	Rhône, Oise, la Teste.
118. RANGIANA, Mich., Desh.	Pyr. or., Collioure.
119. RASPAILLII, Payraud.	Corse, Bastia.
120. *Repellini*, de Charp.	Fr. alpine.
121. RETIRUGIS, Menke.	Poitiers, Quincay (introduite).
122. REVELATA Mich. (*H. occidentalis*, Recl.)	Aquit., Bord., Mont-de-Marsan, Loire-Infér.
123. ROTUNDATA, Mull.	Fr. presq. ent., Corse, Hyèr.
124. RUDERATA, Mull.	Fr. sept., Hautes–Alpes.
125. RUFA, Drap.	Fr. sept. orient.
126. RUFESCENS, Turton., Penn.	Fr. sept. orient.
127. *rufilabris*, Jeffr.	Fr. presq. entière.
128. RUGOSIUSCULA, Mich.	Fr. mér., Prov., Aix.
129. RUPESTRIS, Drap.	Fr. pr. ent., H.es-Pyr., Corse.
130. SERICEA, Mull.	Fr. sept. occ. or.
131. SERPENTINA, Fér., Mich.	Fr. mér., Prov., Corse, Bastia.
Var. *globosa*, Requien.	Corse, Bonifacio.
Var. *elegantula*, Villa.	Corse.
132. SPLENDENS, Faur., Big.	Fr. mérid.
133. SPLENDIDA, Drap.	Fr. mér., Pyr. or., Corse, Hyères.
134. STRIATA, Drap.	Fr. presq. ent., Corse.
Var. *depressa*.	Rhône.
135. STRIATULA, L.	Finistère.
136. STRIGELLA, Drap.	Fr. presque entière.
Var. *minor*, Mich.	Lyon.
137. SUBMARITIMA, Desm.	Litt. océan. du Sud–Ouest.
138. SYLVATICA, Drap.	Fr. sept. centr., Cév., Jura.
139. *Tarbelliana*, Grat. (1).	Litt. aquit., Dax.

---

(1) Test. profundè umbilicata, conico-pyramidata, subrugata, vix striata, sub albida,

140. TELONENSIS, Mittre.	Fr. mérid., Toulon, Hyères
141. TERVERII, Mich.	Fr. mérid., Prov.
Var. *punctato-rufa*, Mich.	Toulon, Hyères.
142. TROCHILUS, Poiret. Dup.	Fr. méd., Litt., Prov., Pyr. or.
143. UNIDENTATA, Drap.	Fr. sept., or., Jura.
Var. *H. cobresiana*, Chem.	Fr., Alp., H.es–Alp., Gren.
144. *undulata*, Mich. (*H. serp.*, var.)	Bouches–du–Rhône, Orgon.
145. VARIABILIS, Drap.	Fr. presq. ent., surtout mérid. et occid., Corse.
Var. *zonata*, Grat.	Fr. mér., occ., Bord., Dax.
Var. *scalaris*, Grat.	Dax, les landes de Tercis.
Var. *decorata*, Grat.	Landes, Gironde.
Var. *nigrescens*, Grat.	Dax, le Pouy-du-Hour.
Var. *oceanica*, Grat.	Littor. aquit.
Var. *tessellata*, Grat.	Dax, le Pouy-d'Euze, allées des Baignots.
Var. *virgata*, Mont.	Fr. mér., Bord., Dax.
146. VERMICULATA, Mull.	Fr. mér., Prov., Corse, Hyèr.
Var. *albinos*, Shuttl.	Corse.
147. VILLOSA, Drap.	Fr. sept., or., Jura, Alsace.
148. VINDOBONENSIS, C. Pfr.	Fr. or., alp,, Hautes–Alpes.
149. ZONATA, Stud.	Fr. alpine, Grasse, Corse.

Espèces fossiles.

1. *æqualis*, M. de Serr.	B. méditerranéen.
2. AGINENSIS, Noul.	B. aquitanique.
3. ALBA, Bouill.	B. parisien.
4. ALBIGENSIS, Noul.	B. aquit.
5. AMBERTI, Mich.	B. bress.
6. *antiqua*, F. Big.	B. médit.
7. AQUENSIS, M. de Serr.	Id.

---

multifasciata; fasciis fusco-nigrescentibus, imprimis ad verticem interruptis valdè deapicta; apertura lunato-rotundata; perist. acuto intus marginato, rubente, columellreflexa, anfractib. 6-convexis.

Diam. maj. 18 mill. Alt. 14 m

Hab in ericetis sabulosis prop. urb. Aq. Tarbellic. CC.

8. ARCHIACI, De Boiss.   B. aquit.

9. ARNOULDI, Mich.   B. par.

10. ASPERA, Grat.   B. aquit.

11. ASPERULA, Desh.   B. par.

12. ASTIERII, D'Orb.   B. médit.

13. BARTAYRESII, Noul.   B. aquit.

14. BEAUMONTII, Math.   B. médit.

15. BREVISPIRA, M. de Serr.   Id.

16. CADURCENSIS, Noul.   B. aquit.

17. CANDIDISSIMA-ANTIQUA, Bouill.   B. par.

18. CAPGRANDI, Noul.   B. aquit.

19. CARINATA, M. de Serr.   B. médit.

20. CARRYENSIS (Math.), D'Orb.   Id.

21. CHAIXII, Mich.   B. bress.

22. CHRISTOLII, Math.   B. médit.

23. CINCTITES, M. de Serr.   B. aquit.

24. COCQUII, Al. Br.   B. par. et aquit.

25. COLLONGEONI, Mich.   B. bress.

26. *complanata*, M. de Serr.   B. médit.

27. *conica-antiqua*, M. de Serr.   Id.

28. *conoidæformis*, M. de Serr.   Id.

29. *convexa*, M. de Serr.   Id.

30. COQUANDIANA, Math.   Id.

31. CORDUENSIS, Noul.   B. aquit.

32. DEBAUXII, Noul.   Id.

33. DENAINVILLIERI (Bouill.), de Boiss.   B. par.

34. DEPRESSA, Bouill.   Id.

35. DESMARESTINA, Al. Br.   Id.

36. DEUPESII, Noul.   B. aquit.

37. *Draparnaldi*, M. de Serr.   B. médit.

38. DROUETII, de Boiss.   B. par.

39. DUBIA, Desh.   Id.

40. DUFRENOYI, Math.   B. aquit.

41. DUMASI, de Boiss.   B. par.

42. DUVAUXII, Desh.   Id.

43. EVERSA, Desh.   Id.

44. FALLAX, Mell.   Id.

45. FERRANTII, Desh.   B. par.
46. FERRENSIS, M. de Serr.   B. médit.
47. FONTANI, Noul.   B. aquit.
48. FRIZACI, Noul.   Id.
49. *fulva-major*, Fér.   Id.
50. GALLOPROVINCIALIS, Math.   B. médit.
51. *Garde (de la)*, Fér.   B. aquit.
52. GASSIESI, Noul.   Id.
53. GAYMARDII, Math.   B. médit.
54. GESLINI, de Boiss.   B. par.
55. GIRONDICA, Noul.   B. aquit.
56. GODARTI, Mich.   B. bress.
57. *grandis*, M. de Serr.   B. médit.
58. GUALINÆI, Mich.   B. bress.
69. HEMISPHÆRICA, Mich.   B. par.
60. HISPIDA-ANTIQUA, Voltz.   B. alsacien.
61. INTERMEDIA, Grat.   B. aquit.
62. INTRICATA (M. de Serr.), Noul.   Id.
63. JANTHINOIDES, M. de Serr.   B. médit.
64. LABYRINTHICULA, Mich.   B. bress.
65. LAPICIDA-MINIMA, Bouill.   B. par.
66. LAPICIDITES, Boub.   B. aquit.
67. LARTETII, Noul.   Id.
68. LASSUSIANA, Noul.   B. aquit.
69. LAURILLARDIANA, Noul.   Id.
70. LEMANI, Al. Br.   B. par. et aquit.
71. LENTICULA, Bouill.   B. par.
72. LESPIAULTII, Noul.   B. aquit.
73. LEYMERIEANA, Noul.   Id.
74. LIMBATA, Drap.   B. par. et aquit.
75. LUCBARDENZIS, Noul.   B. aquit..
76. LUDOVICI, Noul.   Id.
77. LUNA, Mich.   B. par.
78. MAGUNTINA, Desh.   B. médit.
79. MASSILIENSIS, Math.   Id.
80. MATHERONIS (Math.), d'Orb.   Id.
81. MEDIA, Bouill.   B. par.

82. MENARDI, Al. Br.   B. par.
83. MICHELINIANA, Math.   Id.
84. *minuta*, M. de Serr.   B. médit.
85. MOROGUESI, Al. Br.   B. par.
86. NAYLIESI, Mich.   B. bress.
87. NEMORALIS, Lin.   B. médit
88. NEMORALITES, Boub.   B. aquit.
89. NERITOIDES, M. de Serr.   B. médit.
90. NICOLAVI, Noul.   B. aquit.
91. OBTUSATA, M. de Serr.   Id.
92. OLLA, M. de Serr.   Id.
93. ORGONENSIS, Philb.   B. médit.
94. ORNEZANENSIS, Noul.   B. aquit.
95. PERRISII, Noul.   Id.
96. *perspectiva*, M. de Serr.   B. médit.
97. PISUM, Math.   Id.
98. *planorbiformis*, M. de Serr.   Id.
99. POLITULA, de Boiss.   B. aquit.
100. POTIEZI, de Boiss.   Id.
101. PROBOSCIDEA (Math.), d'Orb.   B. médit.
102. PSEUDO-CONSPURCATA, Math.   Id.
103. PULCHELLA, Drap.   B. aquit.
104. QUADRIFASCIATA, M. de Serr.   B. médit.
105. RAMONDI, Al. Br.   B. par., aquit. et médit.
106. RARA, de Boiss.   B. par.
107. RAULINI, Noul.   B. aquit.
108. REBOULII, Leufr.   B. médit., par. et aquit.
109. *rhomboidea*. M. de Serr.   B. médit.
110. ROTELLARIS, Math.   Id.
111. ROTUNDATA-FOSSILIS, Noul.   B. aquit.
112. SANSANIENSIS, Dup.   Id.
113. *sarcostomoidea*, Dup.   Id.
114. SCABRA, Defr.   B. als.
115. SERPENTINITES, Boub.   B. aquit.
116. *Sigiensis*, M. de Serr.   B. médit.
117. *spiralis*, M. de Serr.   Id.
118. SPIRATA. M. de Serr.   Id.

119. *striata-antiqua*, M. de Serr. B. médit.
120. SUB-CONTORTA (Grat.), d'Orb. B. aquit.
121. SUB-DEPRESSA (Grat.), d'Orb. Id.
122. SUBGLOBOSA, Grat. Id.
123. TORUS, Math. B. médit.
124. TRISTANI, Al. Br. B. par.
125. TROCHIFORMIS, Grat. B. aquit.
126. TUMULORUM, Bouill. B. par.
127. TURONENSIS, Desh. Id.
128. UMBILICALIS, Desh. Id.
129. *variabilis—antiqua*, M. de Serr. B. médit.
130. VASCONENSIS, Noul. B. aquit.
131. VIALAI, de Boiss. Id.
132. VOLTZII, Desh. B. als.

Genre VIII. — LYCHNUS.

Espèces vivantes.

. . . .
. . . .

Espèces fossiles.

1. ELLIPTICUS, Math. B. médit.
2. MATHERONII, Req. Id.
3. URGONENSIS, Math. Id.

Genre IX. — BULIMUS.

Espèces vivantes.

1. ACUTUS, Drap. Fr. marit. litt. Corse.
   Var. *oceanica*, Grat. (*Fasc. nigris interruptis*). — Royan,
   littor. océanien.
2. ASTIERIANUS, Dup. Ile Ste-Marguerite (Var), litt.
   méd. Hyèr.
3. COLLINI, Mich. (*Bul. Montanus*, var. *gigant.*). Verdun (Meuse).
4. DECOLLATUS, Brug. Fr. mér. or. et dans le S.-O.
   Corse, Hyères.
5. MONTANUS, Drap. Fr. sept., or., Alp. Céven.,
   Alsace.

6. OBSCURUS, Drap.   Fr. ent., H.-Pyrén., Barèg. à 1400m d'alt. (de S.)

7. RADIATUS, Brug. (*B. detritus*, Stud.). Fr. sept., or. centr., Alp., Pyr., à 1350m d'alt.

Var. *cornea*, Bouill. (*B. corneus*, Desh.) Auvergne.

8. VENTROSUS, Pfr. (*B. ventricosus*, Dr.). Fr. méd. Prov., Pyr., or., Corse, Hyères.

Espèces fossiles.

1. ALPINUS, d'Orb.	B. méditerran.
2. AQUENSIS, Math.	Id.
3. *Burdigalensis*, Defr.	B. aquitaniq.
4. CHRISTOLIANUS, Math.	B. médit.
5. ELONGATUS, Leufr.	Id.
6. GALLOPROVINCIALIS, Math.	Id.
7. LÆVO-LONGUS, Boub.	B. aquit.
8. LUBRICUS, Brug.	B. par. et médit.
9. MICHAUDI, de Boiss.	B. parisien.
10. MONTOLIVENSIS, Noul.	B. aquit.
11. PANESCORSII, Math.	B. médit.
12. PRIMÆVUS, Noul.	Id.
13. SINISTRORSUS, M. de Serr.	Id.
14. SUBCYLINDRICUS, Math.	Id.
15. SUB-LUBRICUS, d'Orb.	B. aquit.
16. TEREBRA, Math.	B. médit.

Genre X. — ACHATINA.

Espèces vivantes.

1. ACICULA, Lam.	Fr. entière, Corse, Hyères.
2. COLLINA, Drouët.	Lyon, Oise, Vosges.
3. FOLLICULUS, Mich. (*Zua folliculus*).	Fr. mérid., Prov., littor. Médit., Corse.
4. HOHENWARTI, Ross.	Corse, Bastia.
5. LUBRICA, Lam. (*Zua lubrica*).	Fr. entière, Corse.

Espèces fossiles.

1. ACUMINATA, Baud.	B. parisien.
2. BUCCINULA, Grat.	B. aquit.

3. CUSPIDATA, de Boissy.	B. parisien.
4. HOPII, M. de Serr.	B. méditer.
5. *marginata*, Lév.	B. par.
6. PELLUCIDA, Desh.	Id.
7. ? RILLYENSIS, de Boiss.	Id.
8. SIMILIS, de Boiss.	Id.
9. TERVERI, de Boiss.	Id.
10. VIALAI, M. de Serr.	B. aquit.

Genre XI. — AZECA.

Espèces vivantes.

1. NOULETIANA, Dup. (*Pup. Gooda-lii*, var.?) — Hautes-Pyrénées, Lot-et-Garonne près d'Agen.
2. TRIDENS, Leach. (*P. Goodalii*, Mich.) — Fr. mérid., boréo-orient., Toulouse, Ariége, Vosges, Metz, Nancy.

Espèces fossiles.

. . . .

. . . .

Genre XII. — PUPA.

Espèces vivantes.

1. ALPICOLA, de Charp. Pfr. — Alpes, Hautes-Pyrén.
2. ANGLICA, Gray. Pfr. — Fr. mér., Toulouse, alluv.
3. AVENA, Dr. (*P. avenacéa*, Pfr.) — Fr. m., sept., Pyr., Alp.
4. BIGRANATA, Rossm., Dup. — Fr. sept., Hauteville.
5. BIPLICATA, Mich. — Rhône (Lyon), Hautes-Pyr., Haut.-Alpes.
6. BOILEAUSIANA, de Charp. — Pyr.-Or., H.es-Pyrén.
7. BRAUNII, Rossm. — Carcassonne, H.-Pyrén. près Gavarnie, à 1000m d'altit.
8. CEREANA, Mühlf., Pfr. — Fr. sept., Ariége.
9. CINEREA, Drap. (*P. quinque-dentata*, Pfr.) — Fr. mér., médit., orient., Corse.
    Var. *minor*, Pfr. (*P. variegella*, Zgl.). Grasse.
    Var. *pachygastra*, Req. — Corse, Saint-Florent.
10. CLAUSILIOIDES, Boub. Pfr. (*P. affinis*, Rss.) Pyr.-Or., H.-Pyr.
11. COLUMELLA, Benzon, Pfr. (*P. inornata*, Mich.). Alluvions du Rhône, près Lyon.

2

12. *consobrina*, Ziegl. Hautes-Pyrénées.

13. DOLIOLUM, Drap. Fr. mér. sept. or., Jura, Alp., Toulouse, Agen.

14. DOLIUM, Drap. Fr. mérid., sept., or., Jura, Hautes-Alpes.

15. DUFOURII, Fér.(*P. cylindric.*, Mich.) Prov., Arles, Pyr. or.

16. EDENTULA, Drap. (*V. nitida*, Fér.) Fr. mérid., sept., centr., Auverg., Toulouse.

17. FARINESII (*Torquilla*) Des Moul. Pyrén. orient., Haut.-Pyrén., Gavarnie, à 1000ᵐ (de S.), Grenoble.

18. FRUMENTUM, Dr. (*Torquilla*). Fr. mér., H.-Pyr., Lyon, Metz.

19. GONIOSTOMA, Kust., Pfr. Pyrénées orientales.

20. GRANUM, Drap. (*Torquilla*). Fr. mér., occid., Lyon

21. FRAGILIS, Drap. (*Balea fragilis*, Gray.) Fr. entière, Corse, Bastia.

22. HORDEUM, de Charp. (*P. secale*, var. *gracilior*, Pfr.). Fr.or., Pyr.

23. INORNATA, Buvig. (*non* Mich.). Fr. or., Meuse, Lyon, Jura.

24. LUNATICA, Jau (*P. niso*, Rosm.) Cette, près Montpellier.

25. MARGINATA, Dr. (*P. muscor.*) France entière.

26. MEGACHEILOS, Jan. Chaine Pyr. de 1000 à 1300ᵐ d'alt. (de S.), Provence.

Var. *elongatissima*, Des Moul. Pyr. alp. près d'Escot.

Var. *major*, Des Moul. Hautes-Pyrénées.

Var. *minor*, Des Moul. Arles.

Var. *marginata*, Des Moul. Pyrénées orient.

Var. *pusilla*, Des Moul. Pyrén. Cauterets, Barèges, Eaux-Chaudes.

27. MICHELII, Terver. Dupuy. Toulon (Var).

28. MOQUINIANA, Kust.(*P. Bigorriens.*, de Ch.). Chaine Pyr.

29. MOULINSIANA, Dup. (*P. Charpentieri*, Shuttl.). Fr. méridion., orient. Lyon, Toulouse.

30. OBTUSA, Drap. (Bulim. Pfr.) Alpes françaises.

31. PAGODULA, Des Moulins. Fr. mér., H.ᵉˢ-Alp., Dordog.

32. PARTIOTI, Moquin-Tandon. Haute-Pyr. près Gavarnie, à 1000ᵐ d'alt. (dé S.)

33. POLYODON, Drap. (*Torquilla*). Fr. mér., Médit., Hyères.

34. PYRENÆARIA, Mich.(*Torquilla*).   H.es–Pyrén., Barèges, 1500m
                                              d'alt. Toulouse, B.es–Pyr.
    Var. *curta*, Moquin-Tandon.   Environs de Toulouse.
    Var. *nonoplicata*, de St-Simon.   Id.
35. QUADRIDENS, Drap. (*Torquilla*).   Fr. mér., sept. H.es–Pyrén.,
                                              Barèg., 1200m (de S.) Corse.
    Var. *elongata*, Requien.   Corse, Bonifacio.
    Var. *minor*, Boubée.   Hautes-Pyrénées.
    Var. *sinistrorsa*, Boub.   Pyrénées orient.
36. QUINQUEPLICATA, Lam.   Fr. méridionale.
37. RINGENS, Mich. (*P. pyrenaica*, Boub.). H.es–Pyr., Toulouse.
38. SAXICOLA, Moq.-Tand.   Pyrén., envir. de Toulouse,
                                              Yonne.
39. SECALE, Drap. (*Torquilla*).   Fr. entière.
    Var. *cylindrica*, Dup.   Gavarnie, Vignemale.
    Var. *elongata*, de Saulcy.   H.es–Pyrén., Saint-Sauveur,
                                              500m d'altit.
40. SEDUCTILIS, Zgl. Pfr.   Fr. mér., Bass.-Pyr., Ariége,
                                              Corse.
41. TRANSITUS, Boub. (*P. pyrænaica*, var.?). H.es–Pyrén.
42. TRIDENS, Drap. (*Torquilla*).   Fr. presq. ent., Hyères.
43. TRIPLICATA, Stud. (*P. triden-   H.es–Pyrén. 1100m d'altit. (de
    talis*, Mich.).   Saulcy).
44. UMBILICATA, Drap. Pfr.   Fr. presq. ent. Pyr., Hautes-
                                              Alpes, Corse.
    Var. *P. Sempronii*, de Charp. Hautes-Alpes.
45. VARIABILIS, Drap. (*Torquilla*).   Fr. presq. ent., Pyr. orient.
                                              Région médit., Hyères.
    Var. *lugdunensis*, Grat.   Lyon.
46. VENETZII, de Charp. (*Vertigo*). Fr. orient., mérid.
47. *Vergnesiana*, de Charp.   Pyrén. de l'Ariége.

Espèces fossiles.

1. ARCHIACI, de Boiss.   B. parisien.
2. BLAINVILLEANA, Dup.   B. aquitaniq.
3. COLUMELLARIS, Mich.   B. par.
4. DEFRANCII, Al. Br.   Id.

5. ELEGANS, Math.	B. méditerran.
6. ELONGATA, Bouill.	B. parisien.
7. ELONGATA, Mell.	Id.
8. IRATIANA, Dup.	B. aquitaniq.
9. LARTETII, Dup.	Id.
10. MONTOLIVENSIS, Noul.	Id.
11. NOULETIANA, Dup.	Id.
12. OVIFORMIS, Mich.	B. par.
13. PALANGULA, de Boiss.	Id.
14. PATULA, Math.	B. médit.
15. REMIENSIS, de Boiss.	B. par.
16. RILLYENSIS, de Boiss.	Id.
17. SINUATA, Mich.	Id.
18. SUB-ANTIQUA (Math.), d'Orb.	B. médit.
19. SUB-STRIATA (Grat.), d'Orb.	B. aquit.
20. TENUICOSTATA (Math.), d'Orb.	B. médit.
21. TRIDENS, Drap.	B. par.
22. TRIPLICATA, Stud.	B. aquit.
23. UNDULATA, Math.	B. médit.
24. VARIABILIS, Bouill.	B. par.

Genre XIII. — MEGASPIRA.

Espèces vivantes.

. . . .
. . . .

Espèce fossile.

1. RILLYENSIS (Mich.), de Boiss.   B. parisien.

Genre XIV. — CLAUSILIA.

Espèces vivantes.

1. ABIETINA, Dupuy.   Hautes-Pyr., Barèges, 1300ᵐ d'alt. (de Saulcy).

2. *Basileensis*, Fitzing. (*Cl. ventricosa*, var.).   Fr. orient., Jura Vosges?

3. BIDENS, Dr.(*Cl. laminata*, Turt.).   Fr. presq. ent., litt. méd. Bas-Rhin.

4 BIPLICATA, Leach., Dupuy. Fr. or. sept., Jura, Valenc.es

5. *bituminosa*, Parr. (*Cl. mucida ?* var.). Fr. mérid.

6. BRAUNII? De Charp. var. Fr. mér., Prov., Apt, Avignon, Hyères, Haut-Rhin.

7. CORRUGATA? Chemn. Fr. mérid.?

8. CRUCIATA, Stud. Fér. Fr. sept. or., Jura.

9. DUBIA. Drap. Fr. or. centr. mér., Hautes-Pyr., Barèges, 1500m (de S)

Var. *Vosgesiana*. Vosges, le Honeck, 1250m.

10. ? *foliacea*, Fér. France sept. ?

11. GRACILIS, C. Pfr. (*Cl. nigric. ?* var.). Fr. sept. or., Vosges, Haut-Rhin.

12. KUSTERI, Rossm. (*Cl. adjaciensis*, Shuttl.). Corse.

13. LAMELLATA, Zgl. Corse.

14. LINEOLATA, Held. Pfr. Fr. or. sept., Metz, Langres.

15. MEISNERIANA, Shuttlew. Kust. Corse, Fiumorbo.

16. MINUTA, Dup. Fr. mér., Corse, Hyères?

17. MORTILLETII, Dumont. Fr. mér. or.?

18. NIGRICANS, Pult., Jeffr. Fr. presq. ent.

19. OBTUSA, C. Pfr. Dup. Fr. orient. sept., Mirecourt, Nancy, Haut-Rhin.

20. OCEANICA, Dup. Bayonne, litt. océanien.

21. *papillata*, Fér., Parr. France sept.?

22. PAPILLARIS, Drap. (*Cl. mediterranea*, Gray). Fr. mér., méd. Corse, Hyères.

23. PARVULA, Stud. (*Cl. minima*, C. Pfr.). Fr. presq. ent., plus comm. dans le Nord et l'Or.

24. PHALERATA, Dup. (*Cl. derugata*, Fér.) Fr. alp., Gr.-Chartr.

25. PLICATA, Drap. Fr. sept. or., Jura, Vosges.

Var. *dextrorsa*, Grat. Haut-Rhin.

26. PLICATULA, Drap. Fr. sept. occ., Alpes, Corse.

27. PUNCTATA, Mich. (*Cl. alboguttulata*). Fr. mérid. prov. Vaucluse, Cannes, Apt.

28. REBOUDII, Dup. Isère, env. de St-Marcellin.

29. *roborata*, Zgl. (*Cl. Braunii*, var.?) Fr. mérid.

30. ROLPHII, Leach. (*Cl. dedecora*, Zgl.) Fr. presq. ent., Hautes-Pyr., Barèg. à 1800m (de S.)

31. RUGOSA, Drap. (*Cl. perversa*, Dup.). Fr. presq. ent. Rég. maritime, méd., Corse.
    Var. *minor*, de Charp.   Montpell., Toulouse, Dax.
    Var. *Pyrœnaica*, de Charp.   Vic-de-Sos, Pyrén.
32. SOLIDA, Drap. (*Cl. labiata*,   Fr. mérid., Grasse, Dauphiné,
    Mont.).   Corse.
33. *Tettelbachiana*, Ross. var.   Fr. sept.
    Raiblensis, De Charp.
34. *trivia*, Parr.   Fr. mérid.
35. *tumida*, Parr. (*Cl. ventricosa?* var.). Fr. mérid.
36. VENTRICOSA, Drap. (*Cl. asphaltina*, Zgl.). Fr. presq. entière.
37. *virgata*, Jan. (*Cl. papillaris*,   Fr. mér., Toulon, Marseille,
    var.?).   Hyères.

Espèces fossiles.

1. CAMPANICA, Michel.   B. parisien.
2. CONTORTA, de Boiss.   Id.
3. EDMONDI, de Boiss.   Id.
4. MAXIMA, Grat.   B. aquit.
5. TERVERII, Mich.   B. bress.

CYCLOSTOMIENS.
—

Genre XV. — CYCLOSTOMA.

Espèces vivantes.

1. ELEGANS, Drap.   Fr. ent., Pyr., Corse, Hyèr.
    Var. *oceanica*, Grat.   Littor. océan., Biarritz, Les pelouses des Coteaux.
    Var. *pallida*.   Fr. ent., Bord., Dax, Bayonᵉ.
    Var. *purpurascens*.   Fr., Gir., Blaye, litt. aquit.
2. PYGMÆUM, Mich.   Fr. mérid. Provence, Alsace? (*sous-marine*).
3. SULCATUM, Drap.   Fr. mérid., Prov., Dauph. Corse, Hyères.
    Var. *concolor*, Req.   Corse, Bastia, Ajaccio.
    Var. *fasciata*, Req.   Id.   Id.
    Var. *phalerata*, Ziegl.   Id.   Id.

Espèces fossiles.

1. ABBREVIATA , Math.	B. médit.
2. ALBERTI, Duj.	B. par.
3. AQUENSIS, Math.	B. médit.
4. ARNOULDI, Mich.	B. par.
5. BRAUNII, Noul.	B. aquit.
6. BULIMOIDES, Math.	B. médit.
7. CADURCENSE, Noul.	B. aquit.
8. CANCELLATA, Grat.	Id.
9. CASTRENSE, Noul.	Id.
10. CONOIDEA, de Boiss.	B. par.
11. COQUANDII, Math.	B. médit.
12. CORNU-PASTORIS, Lamk.	B. par.
13. CRASSILABRA, Math.	B. médit.
14. DISJUNCTA, Math.	Id.
15. DRAPARNAUDII, Math.	Id.
16. ELEGANS-ANTIQUUM, Al. Br.	B. par. et bress.
17. ELEGANTILITES, Boub.	B. aquit.
18. FORMOSUM, Boub.	B. aquit. et médit.
19. GRANULOSA, Grat.	B. aquit.
20. HELICIFORMIS, Math.	B. médit.
21. HELICINÆFORMIS, de Boiss.	B. par.
22. INFLATA, Desh.	Id.
23. LARTETII, Noul.	B. aquit.
24. LEMANI, de Bast.	Id.
25. LUNELII, Math.	B. médit.
26. MICROSTOMA, Desh.	B. par.
27. MUMIA, Lamk.	Id.
28. NOVEMCOSTATA, Math.	B. médit.
29. PLICATA, d'Arch.	B. par.
30. SERRIANA, Math.	B. médit.
31. SOLARIUM, Math.	Id.
32. SPIRULOIDES, Lamk.	B. par.
33. SULCATUM, Drap.?	B. médit.
34. SUBPYRÆNAICUM, Noul.	B. aquit.
35. TRUNCATUM, Brard.	B. par.
36. UNISCALARE, Noul.	B. aquit.
37 VASCONENSE, Noul.	Id.

Genre XVI. — POMATIAS.

Espèces vivantes.

1. CARTHUSIANUM, Dupuy (*Cyclost. apricum*, Mousson).	Fr. mér. , Grenoble, Grande Chartr. Alpes.
2. CRASSILABRUM, Dup.	Chaîne Pyrénéenne.
3. MACULATUM, Drap. (*Cycl. septem-spirale*, Razoum).	France méridion., Provence, Dauphin., Toulous., Agen.
4. NOULETI, Dup.	Ariége, Axat.
5. OBSCURUM, Drap.	Fr. pr. ent. ch.e Pyr. Corse.
Var. *sinistrorsa*, Mich.	Barèges, env. de Toulouse.

6. PATULUM, Drap.   Fr. méridion., méditer., Aix,
                                      Grasse, Hyères.
7. PARTIOTI, Dup. Moq.   H.^{tes}-Pyr. Barèges, Gavarnie.

Espèces fossiles.

. . . .

Genre XVII. — FERUSSINA.

Espèces vivantes.

. . . .

Espèces fossiles.

1. ANOSTOMÆFORMIS, Grat.   B. aquit.
2. *gigas*, M. de Serr.   B. médit
3. LAPICIDA, Leufr.   Id.
4. *minuta*, M. de Serr.   Id.
5. STRIATA, (Desh.), Grat.   B. als.

AURICULÉENS.

—

Genre XVIII. —AURICULA.

Espèces vivantes.

(Voy. *Carychium*, p. 25).

Espèces fossiles.

1. ACUTA, Duj.   B. par.
2. ACUTA, M. de Serr.   B. médit.
3. BIDENTATA, M. de Serr.   Id.
4. CONOVULIFORMIS, Desh.   B. par.
5. *crassa*, Defr.   Id.
6. DENTATA, M. de Serr.   B. médit.
7. *dystoma*, Lév.   B. par.
8. EDENTULA, Fér.   Id.
9. *fissidens*, Lév.   Id.
10. *heteroclita*, Lév.   Id.
11. LIMBATA, M. de Serr.   B. médit.
12. MARGINALIS, Grat.   B. aquit.
13. MICHAUDI, de Boiss.   B. par.
14. MICHELINI, de Boiss.   Id.
15. MYOSOTIS, Drap.   B. médit.
16. MYOTIS (Brocc.), M. de Serr.   Id.
17. OBLONGA, Desh.   B. par..
18. OVATA, Lamk.   B. par., aquit. ? médit. ?
19. *ovicula*, Mill.   B. par.
20. OVULA, Math.   B. médit.
21. PISOLINA, Desh.   B. par.
22. PISUM, (Brocc), M. de Serr.   B. médit.

23. REMIENSIS, de Boiss.	B. par.
24. REQUIENII, Math.	B. médit.
25. *scaraboides*, Lév.	B. par.
26. SUB-BIPLICATA, (Grat.), d'Orb.	B. aquit.
27. SUB-JUDEÆ, d'Orb.	Id.
28. SUB-PISUM, d'Orb.	Id.
29. TURONENSIS, Desh.	B. par.
30. UMBILICATA, Desh.	Id.

Genre XIX. — CARYCHIUM.

Espèces vivantes.

1. BIVONÆ, Philippi *(Auricula)*.	Corse, Ajac. *(sous-marine)*?
2 FIRMINI, Payr. *(Auricula)*.	Fr. mérid., méditer., Corse, *(sous-marine)*?
3. MINIMUM, Mull. *(Auricula)*.	Fr. presq. ent., Hautes-Pyr., à 1500ᵐ (de S.), Corse.
4. MYOSOTE, Fér. *(Auricula)*. Var. *Major*, Payr.	Litt. médit. et océan., Corse. Bonifacio.
5. PERSONATUM, Mich. *(Auricula)*.	Fr. mér., sept., litt. océan *(sous-marine)*? les alluv. du Boucau, à Bay.ᵉ
6. *villosum?* Fér. *(Auricula)*.	Corse, Bonif. *(sous-marine)*?

Espèces fossiles.

1. DELOCREI, Mich.	B. bressan.
2. MINIMUM, Mull.	B. aquit. et bressan.

Genre XX. — ACME.

Espèces vivantes.

1. FUSCA, Dup. *(Cycl. fuscum.* Moq.)	Fr. sept. occ. Toulouse, Ariég.
2. LINEATA, Drap. *(Carychium li- neatum,* Fér.)	Littor. méd., Prov., Grasse, Grenoble, Gr. Chartr.
3. MOUTONII, Dup.	Fr. mér., Grasse, Hyères.

Espèces fossiles.

. . . .

Genre XXI. — VERTIGO.

Espèces vivantes.

1. ANTIVERTIGO, Mich. *(Vert. sep- temdentata,* Fér.).	Fr. ent., Hautes-Pyrén. à 1250ᵐ (de S.).
2. CYLINDRICA, Fér. *(Pup. minu- tissima,* Hartm.).	Fr. entière.
3. MINUTA, Fér. *(Pup. minuta?)*	Fr. sept.
4. *muscorum*, Mich. *(Pup. mus- corum,* Drap.)	Fr. entière.

5. NANA , Mich. (*Pup. nana*).   Fr. sept., or., Lyon.
6. PUSILLA, Mull.   Fr. sept., or., Alp., Jura.
7. PYGMÆA , Mich. (*Pup. pygm.* Dr.).   Fr. ent., surtout sept.

Espèces fossiles.

1. ANTIVERTIGO, Mich.   B. aquit.
2. DUPUYI , Mich.   B. bress.
3. MYRMIDO , Mich.   Id.
4. PYGMÆA , Fer.   B. aquit.

GASTÉROPODES FLUVIATILES.

LIMNÉENS.

—

Genre XXII.—PHYSA.

Espèces vivantes.

1. ACUTA. Drap. (*Ph. fluviatilis,* Fér.).   Fr. presq. ent., Corse.
    Var. *cornea,* Massot.   Pyrén. orient.
    Var. *castanea,* Lam.   Garonne, Revel, Lyon.
    Var. *gibbosa,* Moquin.   Fonsorbes près Toulouse.
2. CONTORTA , Mich.   Fr. Pyrén. , Pyr. or., Corse.
    Var. *Phys. alba,* Turt.   Pyrénées.
3. FONTINALIS, Drap.   Fr. ent., Corse.
    Var. *Phys. alba,* Jenn. (non Turt.). Fr. ent.
4. HYPNORUM , Drap.   Fr. presq. ent., sept. surtout,
     Alp. Pyr. or.
    Var. *major.* , Norm.   Valenciennes.
5. SUBOPACA , Lam.   Fr. mérid. , occid. , S.-O. ,
     Montpellier.
    Var. *subelongat.* , (*Phys. rivularia,* Dup.) Périgord.
    Var. *subventricosa,* (*Phys. Perrisiana,* Dup.) Arras.

Espèces fossiles.

1. CHRISTOLII , M. de Serr.   B. médit.
2. COLUMNARIS, Desh.   B. par. et médit.
3. DOLIOLUM , Math.   B. médit.
4. DRAPARNAUDII , Math.   Id.
5. GALLOPROVINCIALIS, Math.   Id.
6. GARDANENSIS, Math.   Id.
7. GIGANTEA , Mich.   B. par.
8. MICHAUDII , Math.   B. médit.

9. PARVISSIMA, de Boiss. B. parisien
10. PRISCA, Noul. B. aquit.
11. PULCHELLA, d'Orb. B. par.

Genre XXI. — LIMNEA.

Espèces vivantes.

1. *ampullacea* , Rossm. (L. *auri-* Fr. sept., Jura.
  cularia. Var. ?)
2. AURICULARIA, Drapar. (*Gularia* Fr. sept. or., occ.
  auricularia, Flem.)
  Var. *explanata*, (*L. dilatata* Zgl.) Id.
  Var. *cristallina*, (*L. cristallina* Zgl.) Id.
3. *Blauneri*, Shuttl. (*L. ovata*, v.?) Yonne.
4. *canalis*, Villa, Dup. (*L. auricul.* var). Fr. mérid. , Gar.ne, Gers.
5. CORVUS, Gm. (*L. palustris*,. v.?) Fr. presq. ent., mérid. Prov.,
  H.tes-Alpes et dans le S.-O.
6. *disjuncta* , Puton. Fr. sept. or., Vosges.
7. ELONGATA, Drap. (*Stagnicola*
  octanfracta, Flem.) Fr. du S.-O.
  Var. *maxima*, Debeaux. Lot-et-Garonne, Gers.
  Var. *minima*, Grat. Dax, les mares adouriennes.
8. GINGIVATA, Goup. (*L. glabra.* v.?) Le Mans.
9. GLABRA, Mull. (*L. leucostoma*).? Hautes-Pyr., lacs de Gaube,
  d'Onces, d'Oo à 2400m.
10. *glacialis*, Dup. (non *L. ovata*). Fr. presq. entière.
  Var. *L. subulata*, Kickx. Nord, Valenciennes.
11. GLUTINOSA, Drap. Fr. sept. cent. et dans le S.-O.
  Verdun, les mares adou-
  riennes, Dax.
12. INTERMEDIA, Fér. Lam. Bretag., Lyon, Querci, Vosg.,
  Troyes, Bord., Agen, Dax.
13. LEUCOSTOMA, Ald. (*L. elong.*, v.) Fr. occ. et mérid.
14. MARGINATA, Mich. Pr. mérid., Provence, Aix,
  Hautes-Alpes, Isère.
15. MICROSTOMA , Drouet. Fr. centr. et du S.-O., Dax,
  Oise.

16. MINUTA , Drap.	Fr. mér. occ. centr., Corse.
Var. *L. truncatula*, Goupil.	Sarthe, Auch.
Var. *L. pyrenaica*, Boub.	Hautes-Pyr., au S. de Barèges
	1800^m (de S.).
17. *Nouletiana*, Gass. (*L. ovata*, v.)	La Garonne, Agen, Bord.
18. OVATA, Dr. (*L. acronicus* Muhlf.)	Fr. ent., Corse.
Var. *L. nigrinus*, Zgl.	Alpes.
(*L. vulgaris*, C. Pfr.)	
Var. *L. Boissii*, Dup.	Hautes-Pyr., Barèges.
Var. *glacialis*, de Saulc.	H.-Pyr., lac d'Escobous, lac
	de Gaube, à 2600^m (de S.)
Var. *limosa* (*Limn. limosa*. L.)	Toulouse, Revel.
Var. *intermedia*, Dupuy.	Lyon.
Var. *thermalis*, Dup.	Eaux-therm. Bagnèr.-de-Big.
19. PALUSTRIS. Drap. (Mull.).	Fr. entière, Corse, Ajaccio.
Var. *L. truncata*, Buvignier.	Meuse, Verdun.
Var. *elongata*, Requien.	Corse, Binglia.
Var *scalaris*, Moquin.	Environs de Toulouse.
20. PEREGRA, Drap. (*Gularia pere-*	Fr. ent., Corse, Hautes–Pyr.,
gra, Mont.)	Le Bastan, à 1200^m (S.).
Var. *L. nitida*, Zgl.	Fr. occ., Dax, Bayonne.
Var. *L. fuliginosa*, Zgl.	Auch, Périgord, Dax.
Var. *L. callosa*, Zgl.	Fr. mérid., occ.
Var. *L. bilabiata*, Hartm.	Hautes–Alpes.
Var. *L. diaphana*, Parr.	Hautes–Alpes.
Var. *L. cornea*, Zgl.	Gers.
Var. *media*, Dup.	Gers, Auch.
Var. *variabilis*, Millet.	Maine–et–Loire.
21. STAGNALIS, Drap.	Fr. entière.
Var. *lineolata*, Dup.	Canal du Languedoc.
Var. *maxima*, Dup.	Fr. sept., étangs d'Armagnac.
Var. *prœlonga*.	Fr. mérid. occ.
Var. *scalaris*, Boub.	Toulouse.
22. *thermalis*, Boubée, (an	H.^{tes}-Pyr., Barèg. (à 27° R.),
var. *L. peregræ*) ?	Dax, Vosges.
22. *Trencaleonis*, Gass., (*L. ovata*,	La Garonne, Agen.
Drap., var. ?)	

24. *Vosgesiaca*, Puton (*L. palustris*, var.?) Vosges, Remirem.

Espèces fossiles.

1. ACUMINATA, Al. Br.	B. par.
2. ÆQUALIS, M. de Serr.	B. médit.
3. APPUVELENSIS, Math.	Id.
4. ALBIGENSIS, Noul.	B. aquit.
5. AMPULLARIA, Bouill.	B. par.
6. AQUENSIS, Math.	B. médit.
7. ARENULARIA, Brard.	B. par. et médit.
· 8. ATACICA, Noul.	B. aquit.
9. AURICULARIA, Drap.	B. médit.
10. AVELLANA, Michel.	B. par.
11. BREVIS, Bouill.	Id.
12. CADURCENSIS, Noul.	B. aquit.
13. CALOSTOMA, Bouill.	B. du Puy.
14. CASTRENSIS. Noul.	B. aquit.
15. CORNEA, Al. Br.	B. médit.
16. CREST (de), Brard.	Id.
17. CYLINDRICA, Brard.	B. par.
18. DILATATA, Noul.	B. aquit.
19. DUBIA, Bouill.	B. par.
20. DUPUYANA, Noul.	B. aquit.
21. ELONGATA, Al. Br.	B. médit.
22. FABULA, Al. Br.	B. par.
23. FUSIFORMIS, Lyell. et Murch.	B. par. et als.
24. GASSIESI, Noul.	B. aquit.
25. *Geofrasti*, Fér.	B. aquit.
26. GIRONDICA, Noul.	B. aquit., par. et als.
27. INFLATA, Al. Br.	B. par.
28. LARTETII, Noul.	B. aquit.
29. LAURILLARDIANA, Noul.	Id.
30. LEYMERIEI, Noul.	Id.
31. LONGISCATA, Al Br.	B. par., aquit. et médit.
32. LONGISSIMA, Math.	B. médit.
33. MAXIMA, Bouill.	B. par.
34. MINUTA, Drap.	B. médit.

35. NAUDOTII, Michel.	B. par.
36. OBLIQUA, Math.	Id.
37. OBTUSA, Brard.	Id.
38. ORE-LONGO, Boub.	B. aquit.
39. OVATA, Drap.	B. médit.
40. OVUM, Al. Br.	B. par. et médit.
41. PALUSTRIS, Al. Br.	B. par.
42. PEREGRA, Drap.	Id.
43. *Polyphemus*, Braun.	B. als.
44. PYGMÆA, M. de Serr.	B. médit.
45. PYRAMIDALIS, Brard.	B. par. et médit.
46. ROLLANDI, Noul.	B. aquit.
47. SANSANIENSIS, Noul,	Id.
48. STAGNALIS, Drap..	B. par. et médit. ?
49. STRIATO-GLOBULOSA, Bouill.	B. par.
50. STRIATELLA, Grat.	B. aquit.
51. STRIGOSA, Al. Br.	B. par. et médit.
52. SUB-FRAGILIS, (Grat.) d'Orb.	B. aquit.
53. SUB-INFLATA, d'Orb.	Id.
54. SUBSTRIATA, Desh.	B. par. et médit.
55. SUCCINOIDES, M. de Serr.	Id.
56. SYMETRICA, Brard.	B. par.
57. TENUISTRIATA, Pot. Mich.	B. médit.
58. VENTRICOSA, Al Br.	B. par. et médit.
59. VIRIDANA, Brard.	B. par.

Genre XXII. — PLANORBIS.

Espèces vivantes.

1. ALBUS, Mull. (*Pl. hispid.*, var.?)	Fr. presq. ent., mares adouriennes, Dax.
Var. *thermalis*.	Pyr. Bagnères de Bigorre.
2. CARINATUS, Mull.	Fr. presq. ent., Corse.
3. COMPLANATUS, Drap.	Fr. presq. ent., Corse, Bastia.
Var. *umbilicata*, Mull.	Nord.
Var. *scalaris*, Jeannot.	Nord.
4. *compressus* (*Pl. vortex*, v.?)	Lyon, Verdun, Strasbourg.

5. CONTORTUS, Mull.   Fr. ent., Pyr. or., Corse.

6. CORNEUS, Drap.   Fr. ent., Corse.

   Var. *lubrica*, Grat.   Bordeaux.

   Var. *scalaris*, Barbié.   Canal de Bourgogne à Dijon.

   Var. *subscalaris,* Grat.   Bordeaux, Dax.

7. CRISTATUS, Draparnaud.   Fr. presq. entière.

8. FONTANUS, Turt. (*Pl. complanatus,* var.?) Fr. entière.

9. *hispidus*, Drap.   Fr. mér. et sept.

   Var. *scalaris,* Jeannot.   Nord.

10. IMBRICATUS, Mull.   Fr. presq. entière.

11. INTERMEDIUS, de Charp.   Toulouse, Auch.

12. LÆVIS, Alder.   Fr. sept., or.

13. LEUCOSTOMA, Millet.   Fr. presq. ent., Lyon, Bord.

14. *marginatus,* Drap. (*Pl. complanatus*, var.?) Fr. ent.

15. *Moquini*, Requien (*Pl. lœvis*, var.?) Corse.

16. NAUTILEUS, Drap.   Fr. ent.

17. NITIDUS, Mull. (*Pl. clausulatus,* Fér.) Fr. septentr. et mérid.

                Toulouse, Agen, Dax.

18 *Perezii*, Graëlls.   Fr. sept. et mérid. Provence,

                Arles, Troyes.

19. *rotundatus,* Poiret (*Pl. leucostoma,* var?) Toulouse.

   Var. *scalaris*, Moquin.   Id.

20. SEPTEMGYRATUS. Rossim.   Yonne, Châtel-Censoir.

21. SPIRORBIS, Mull.   Fr. presq. ent., Corse, Ajacc.

22. *subangulatus,* Ian.   Fr. mér.

23. *submarginatus,* Ian.   Fr. mér., Prov. Grasse, Corse.

24. VORTEX, Mull,,   Fr. ent., Bordeaux, Montpel-

                lier, Toulouse, Dax.

Espèces fossiles.

1. *æqualis*, M. de Serr.   B. médit.

2. AMMONIFORMIS, M. de Serr.   B. médit. et aquit.?

3. ANNULATUS, Bouill.   B. par.

4. BICARINATUS, Lamk.   Id.

5. CARINATUS-ANTIQUUS, M. de Serr. B. médit.

6. CASTRENSIS, Noul.   B. aquit.

7. COMPRESSUS, M. de Serr.   B. médit.

8. Conchensis, Noulet   B. aquit.

9. contortus, Drap.   B. par.

10. *convexus*, M. de Serr.   B. médit.

11. corneus, Lamk.   B. par. et médit.

12. cornu, Al. Brong.   Id.

13. crassus, M. de Serr   B. aquit.

14. disjunctus, Bouill.   B. par.

15. Dupuyanus, Noul.   B. aquit.

16. Goussardianus, Noul.   Id.

17. Grateloupi, d'Orb.   Id.

18. inæqualis, M. de Serr.   B. médit.

19. inflatus, Desh.   B. par.

20. inversus, Desh.   B. par. et médit.

21. lævigatus, Desh.   B. par.

22. *Lactoriensis*, Dup.   B. aquit.

23. Lartetii, Noul.   Id.

24. Lens, Al. Br.   B. par. et als.

25. lenticula, Bouill.   B. par.

26. leucostoma, Drap.   Id.

27. Ludovici, Noul.   B. aquit.

28. marginatus−antiquus, Bouill.   B. par., aquit. et médit.

29. Massiliensis, Math.   B. médit.

30. nitidulus, Lamk.   B. par.

31. nitidus, Drap.   Id.

32. *obtusus*, Voltz.   B. als.

33. planulatus, Desh.   B. par., bress. et aquit.

34. Prevostinus, Al. Br.   B. par. et bress.

35. primævus, Noul.   B. aquit.

36. prominens, M. de Serr.   B. médit.

37. pseudo−ammonius, Schloth.   B. als

38. pseudo−rotundatus, Math.   B. médit.

39. regularis, M. de Serr.   Id.

40. Riquetianus, Noul.   B. aquit.

41. rotundatus, Al. Br.   B. par., aquit. et médit.

42. Rousianus, Noul.   B. aquit.

43. Sansaniensis, Noul.   Id.

44. Sparnacensis, Desh.   B. par.

45. *spiralis*, M. de Serr.   B. médit.
46. SPIRORBIS, Drap.   B. par. et médit.
47. STRIATUS, M. de Serr.   B. médit.
48. SUBANGULATUS, Desh.   B. par.
49. SUBCINGULATUS, Math.   B. médit.
50. SUBOVATUS, Desh.   Id.
51. SUBPYRENAICUS, Noul.   B. aquit.
52. THIOLLIERI, Mich.   B. bress.
53. VERTICILLOIDES, M. de Serr.   B. médit.
54. VORTEX, Drap.   B. par., aquit. et médit.

Genre XXV. — ANCYLUS.

Espèces vivantes.

1. CAPULOÏDES, Jan. (*A. Janii. Bourg*). Hautes-Pyr., Barèges, lac de Gaube, Agenais.
2. COSTULATUS, Kust. Bourguignat. Corse, Ajaccio.
3. CYCLOSTOMA, Bourguig.   Dienville, Unienville (Aube).
4. *Fabrei*, Dup.   Troyes (Aube), Dordogne, riv. de Couze.
5. FLUVIATILIS, Mull.   Fr. entière.
6. *Frayssianus*, Dup.   Provence, Grasse.
   Var. *thermalis*, Boub.   Pyr., eaux thermales.
7. GIBBOSUS, Bourg. (*A deperditus* Zgl.) Oise, Aube, Verdun, Hautes-Pyrénées, Alpes.
8. LACUSTRIS, L., Mull.   Fr. entière.
9. *monticola*, Boubée.   Hautes-Pyrénées.
10. MOQUINIANA, Bourguig.   Toulon, Prov., Dijon.
11. RIPARIUS, Desmarets.   Vosges, Remiremont, Lyon.
12. *rupicola*, Boubée.   Pyr., Ariége, Vosges.
13. SIMPLEX (Buchoz), Bourg.   Fr. ent., mares adouriennes.
14. SINUOSUS, Mich.   Paris, Lyon, Dax?
15. *striatus*, Dup.   Troyes, Auxerre, Bar-sur-Seine.
16. STRICTUS, Morelet.   Brest.
17. VITRACEUS, Morelet.   Oise.

Espèces fossiles.

1. DEPERDITUS, Desmar.	B. par. et médit.
2. DEPRESSUS, Desh.	B. par.
3. ELEGANS, Sow.	Id.
4. FLUVIATILIS, Mull.	B. médit.
5. MATHERONI, de Boiss.	B. par.

PALUDINÉENS.

—

Genre XXVI. — VALVATA.

Espèces vivantes.

1. CRISTATA, Mull. (*V. planorbis*, Dr.). Fr. presq. entière.
2. MINUTA, Drap.   Fr. mérid., sept. et dans le S.-O., Grasse, Agenais.
3. MOQUINIANA, de Reyniés.   Alluvions du Lot près Mende.
4. PISCINALIS, Fér. (*V. obtusa*, Brard.). France entière.
5. *spirorbis*, Drap. (*Valo. depressa*, C. Pfr.), Fr. septentrionale.

Espèces fossiles.

1. CONOIDALIS, Mich.	B. bress.
2. LEOPOLDI, de Boiss.	B. par.
3. MARGINATA, Mich.	B. bress.
4. MINUTA, (Fauj.), M. de Serr.	B. médit.
5. PISCINALOIDES, Mich.	B. bress.
6. PISCINALIS, Fér.	B. par. et bress.
7. PYGMÆA, Noul.	B. aquit.

Genre XXVII. — PALUDINA.

Espèces vivantes.

1. ACHATINA, Lam.	Fr. sept. occ., la Seine, le Rhin, la Garonn., l'Adour.
Var. *acuta*, Stein.	Les bords du Rhin.
Var. *pyramidalis*, Puton.	Vosges, bords du Rhin.

2. ANATINA, Mich.   Fr. médit., Corse.
3. IMPURA, Lam.   Fr. ent., Corse, Hyères.
4. VENTRICOSA, Dupuy.   Fr. boréo-occ., Renn., Vend.ᵉ
    Var. *Palud. similis*, Desm.   Royan.
    Var. *Palud. decipiens*, Millet. Angers (sous–marine).
5. VIVIPARA.   Fr. presq. entière.
    Var. *major*.   Fr. mérid., Orange.

Espèces fossiles.

1. *acuta*, M. de Serr.   B. médit.
2. AFFINIS, M. de Serr.   Id.
3. ANGULIFERA, M. de Serr.   Id.
4. ASPERSA, Mich.   B. par.
5. BEAUMONTIANA, Math.   B. médit.
6. BOSQUIANA, Math.   Id.
7. BRARDII. (Brard.), M. de Serr.   Id.
8. *brevis*, M. de Serr.   Id.
9. CINGULATA, Math.   Id.
10. DESNOYERSI, Desh.   B. par.
11. GLOBULOSA, M. de Serr.   B. médit.
12. HAMMERI, Defr.   B. als.
13. *indistincta*, Fér.   B. par.
14. LENTA, (Sow), Desh.   B. par. et als.
15. MINUTA, (Sow.) Voltz.   B. als. et médit.
16. NYSTII, de Boiss.   B. par.
17. ORBICULARIS, (Sow.), Voltz. B. als.
18. *pygmæa*, M. de Serr.   B. médit.
19. RIMATA, Mich.   B. par.
20. SEMICARINATA, Brard.   B. par. et bress.
21. SIMILIS (Brocch.), Bronn.   B. médit.
22. SORICINENSIS, Noul.   B. aquit.
23. TENTACULATA (L.), de Blainv. B. médit.
24. TRUNCATULOIDES, M. de Serr.   Id.
25. *ventricosa*, Mill.   B. par.
26. *virgula*, Fér.   Id.
27. VIVIPARA (L.), Lam.   B. médit.

Sous-Genre XXVIII. — BITHINIA (Hydrobia).

Espèces vivantes.

1. Abbreviata, Mich.   Alluv. du Rhône, Lyon, Jura, Remiremont, Corse.
2. acuta, Desh.   France presq. ent., Biarritz, Royan (*s.-marine?*).

     Var. *Pal. elongata*, Req.   Corse, Ajaccio.

3. adjaciensis, Req.   Corse, Ajaccio (*s.-marine*).
4. Astierii, Dup.   Fr. mérid., Prov., Grasse, Hyères.
5. bicarinata, Desm.   Dordog., riv. de Couze, Gir.^{de}
6. brevis, Mich.   Fr. boréo-or., Jura, Cevenn.
7. *bulimoidea*, Mich.   Alluv. du Rhône, Lyon.
8. *Cebennensis*, Dup. (*Pal. Ferussina?* var.). Cevenn., Ganges (Hérault).
9. conoidea, Reyniés.   Aveyron, Ardus.
10. diaphana, Mich.   Alluvions du Rhône, Lyon, Troyes, Agen.
11. Ferussina, Desm.   S.-O. de la Fr., Dord., Gar.^e
12. gibba, Mich.   Fr. méd. centr., le Lez près Montpell., Clermont.
13. *Hispanica*, Andr.   Fr. mérid.?
14. idria, Férussac.   Corse, Ajaccio.
15. *Kickxii*, Westend. (*Pal. ventricosa*, var.). Fr. septent.
16. marginata, Mich.   Fr. mér., Prov., Draguignan, Orange.
17. *Michaudii*, Dup.   Fr. mér., Prov., Grasse.
18. minuta, Requien.   Corse, Ajaccio (*s.-marine*).
19. Moulinsii, Dup.   Les bords de la Dord., Lalinde.
20. *Moutonii*, Dup.   Fr. mér., Grasse.
21. muriatica, Lam.   Fr. mér. occ. litt. aq. (*s.-mar.*)
22. Perrisii, Dup.   Sources et étangs du littoral aquitain.
23. *pygmœa*, Dup.   Fr. mér. or., Avignon.
24. Reyniesii, Dup.   Hautes-Pyrén., Cauterets, lac d'Escom, de Gaube.

25. RUBIGINOSA , Boub. Pyrén. de l'Ariége.
26. SAXATILIS , Reyniés. Cascade sur le Tarn, près de Montauban.
27. SIMILIS , Mich. Fr. mérid., médit., Grasse, Nepoule , Hyères.
28. SIMONIANA , de Charp. Fr. mérid., Garonne , Ariége, Hérault (alluvions).
29. *spirata*, Requien. Corse (*s.—marine*).
30. *thermalis*, Porro. Pyrén., eaux thermales.
31. VIRIDIS, Lam. Fr. boréo-or., Metz, Langres. Troyes, Yonne.

Espèces fossiles.

. . . .
. . . .

Sous-Genre XXIX. — PALUDESTRINA.

Espèces vivantes.

. . . .
. . . .

Espèces fossiles.

1. ABBREVIATA (Grat.), d'Orb. B. aquit.
2. ACUTA (Drap.). B. als.
3. ANATINA (Drap.). B. médit.
4. ARVERNENSIS, Bouill. B. par.
5. ATOMUS (Al. Br.), d'Orb. Id.
6. ATURENSIS, Noul. B. aquit.
7. CONICA (C. Prév.), d'Orb. B. par. et méd.
8. CONULUS (Defr.) d'Orb. B. par.
9. CUCULLATA , (Defr.) Id.
10. CYCLOSTOMÆFORMIS (C. d'Orb.), d'Orb. B. par.
11. DENTICULA , (Des Moul.) B. par.
12. DESHAYANA (Math.), d'Orb. Id.
13. DESMARESTII (C. Prév.), d'Orb. B. par., bress. et médit.
14. DUBUISSONII (Bouill.) B. par.

15. ELONGATA (C. d'Orb.), d'Orb.   B. par., médit.
16. GLOBULUS (Desh.), d'Orb.   B. par.
17. GRATELUPI, d'Orb.   B. aquit.
18. GREGARIA (Schloth.)   B. als.
19. INCERTA (Bouill.)   B. par.
20. INTERMEDIA (Mell.), d'Orb.   Id.
21. LÆVIGATA (Desh.), d'Orb.   B. par. et aquit.
22. MACROSTOMA (Desh.), d'Orb.   B. par.
23. MILIOLA (Mell.), d'Orb..   Id.
24. MINUTISSIMA (Grat.), d'Orb.   B. aquit.
25. NANA (Defr.), d'Orb.   B. par.
26. OVATA (Bouill.)   Id.
27. PUSILLA (Al. Br.), d'Orb.   Id.
28. PYGMÆA (Al. Br.), d'Orb.   B. par. et médit.
29. PYRAMIDALIS (Desh.), d'Orb.   Id.
30. REGULARIS (Bouill.)   Id.
31. SEXTONA (Lamk), d'Orb.   Id.
32. SIMILIS (Mich.)   B. médit.
33. STRIATELLA (Grat.)   B. aquit.
34. STRIATULA (Defr.), d'Orb.   B. par.
35. SUB-GLOBULUS, d'Orb.   B. aquit.
36. SUBPYRENAICA (Noul.)   Id.
37. SUBULATA (Desh.), d'Orb.   B. par.
38. SUB-VARICOSA, d'Orb.   B. aquit.
39. TEREBRA (Al. Br.), d'Orb.   B. par.
40. THERMALIS (Lin.)   Id.
41. TURRITA (Grat.), d'Orb.   B. aquit.
42. VARICOSA (C. d'Orb.), d'Orb.   B. par.
43. VITREA (Drap.)   Id.

MÉLANIENS.

—

Genre XXX. — MELANIA.

Espèces vivantes.

. . . .
. . . .

Espèces fossiles.

1. ACICULA , Math.   B. médit.
2. ALBIGENSIS, Noul.   B. aquit.
3. AQUITANICA, Noul.   Id.
4. ARMATA (Math.), d'Orb.   B. médit.
5. CURVICOSTATA, Mell.   B. par.
6. CUVIERI, Desh.   B. par.
7. *granulo-costata,* Mill.   Id.
8. INQUINATA, Defr.   Id.
9. LAURÆA , Math.   B. médit.
10. LYRA (Math.), d'Orb.   Id.
11. PYRAMIDATA (Fauj.), M. de Serr.   Id.
12. SANSANIENSIS , Noul.   B. aquit.
13. SUB-RUGOSA (Math.), d'Orb.   B. médit.
14. SUB-TENUISTRIATA (Mell.), d'Orb. B. par.
15. TRITICEA , Fér.   Id.
16. TURRICULA (Math.), d'Orb.   B. médit.
17. VENTRICOSA (Fauj.), M. de Serr.   Id.

Genre XXXI. — MELANOPSIS.

Espèces vivantes.

1. BUCCINOÏDEA, Fér. (*Mel. præmorsa,* Dup.). France méridionale,
Provence, Agde.

Espèces fossiles.

1. ANCILLAROIDES, Desh.   B. par.
2. AQUENSIS, Grat.   B. aquit.
3. BUCCINULUM, Mell.   B. par.
4. CASTRENSIS , Noul.   B. aquit.
5. DEPERDITA, M. de Serr.   B. médit.
6. DUFOURII , Fér.   B. médit. et aquit.
7. DUFRESNII , Desh.   B. par.
8. EMERICI, d'Orb.   B. médit.
9. FUSIFORMIS, Sow.   B. médit. et par.
10. GALLOPROVINCIALIS , Math.   Id.

11. GIBBOSULA, Grat.	B. aquit.
12 MANSIANA, Noul.	Id.
13. MARTICENSIS, Math.	B. médit.
14. NEREIS, d'Orb.	B. aquit.
15. OBTUSA, Desh.	B. par.
16. OLIVULA, Grat.	B. aquit.
17. PARKINSONI, Desh.	B. par.
18. SUB-BUCCINOIDES d'Orb.	B. aquit.
19. SUB-COSTATA, d'Orb.	B. par.

NÉRITÉENS.

—

Genre XXXII. — NERITINA.

Espèces vivantes.

1. BÆTICA, Lam.	Montpellier, Bordeaux, ruisseau du Pont de la Maye.
2. BOURGUIGNATI, Recluz.	Mayenne, la Vaige, près de la Bazouge de Chéméré.
3. FLUVIATILIS, Drap.	Fr. entière.
Var. zig-zag, Gass.	Garonne, Adour, Gers, etc.
Var. nigricans, Gass.	Garon., Seine, Gers, Adour.
Var. Lineolata, Grat.	L'Adour, le Lay, le Gave.
Var. albina, Recl. (N. Pareyssii, Villa).	Grave de Pau, la Seine, la Marne.
Var. lutescens, Recl.	La Seine, la Marne, le Doubs.
Var. picta, Recl.	Eaux thermales du Béarn.
Var. purpurascens, Recl. (N. villæ, Sandré).	Fr. sept.
Var. coccinea, Grat.	Les ruisseaux d'eaux thermales à Dax, à Saint-Pierre.
Var. viridana, Gass. (Ner. Rodocolpa, Jan.).	L'Adour, la Garonne, le Gers, le Gave.
Var. sinistrorsa, Boub.	Lyon, le Rhône.
4. MITREANA, Recluz.	Fr. mér. Prov., Gras. Toulon.
Var. Telonensis.	Toulon, le Jardin des plantes.

(41)

5. PREVOSTIANA, C. Pfr.   Pont–Lévêque en Normandie, la rivière de la Touque.

6. *thermalis*, Boubée (*N. Dalmatina?* Zgl.) H^{tes}–Pyr. Bagnères de Bigorre, Auch, Grasse.

7. ZEBRINA, Recluz.   Env. de Montpell., les mares.

Espèces fossiles.

1. AQUENSIS, Math. — B. médit.
2. BRONGNARTINA, Math. — Id.
3. BURDIGALENSIS (d'Orb.). — B. aquit.
4. CONSOBRINA, Fér. — B. par.
5. DUCHASTELI, Desh. — Id.
6. ELEGANS, Desh. — Id.
7. FERRUSSACI, Recl. — B. médit. et aquit.
8. GLOBULUS, Fér. — B. par.
9. GRATELOUPEANA, Fér. — B. aquit.
10. INÆQUIDENTATA (Desh.), Recl. — B. par.
11. MOULINSII, d'Orb. — B. aquit.
12. NUCLEUS, Desh. — B. par.
13. ORNATA, Mell. — Id.
14. PISIFORMIS, Fér. — Id.
15. PLANOSPIRA, Grat. — B. aquit.
16. POLYZONALIS, Grat. — B. aquit.
17. SCHEMIDELLIANA (Chemn.). — B. par., aquit. et médit.
18. SUB–CONCAVA, d'Orb. — B. aquit.
19. SUB–PISIFORMIS, d'Orb. — Id.
20. VASCONIENSIS, Recl. — Id.
21. VAUCLUSII, Brard — B. médit.
22. VICINA, Mell. — B. par.
23. ZONARIA, Desh. — B. par. et aquit.

CÉRITÉENS.

Genre XXXIII. — CERITHIUM.

Espèces vivantes (*Potamides*).

1. ANGUSTUM, Desh.	B. par.	
2. CONCISUM, Math.	B. médit.	
3. COQUANDIANUM, Math.	Id.	
4. FUNATUM, Mant.	B. par.	
5. GARDANENSE, Math.	B. médit.	
6. GRADATUM, Desh.	B. pár.	
7. LAMARCKII (Al. Br.), Desh.	Id.	
8. LAPIDUM, Lamk.	Id.	
9. LAURÆ, Math.	B. médit.	
10. MICROSTOMA, Desh.	B. par.	
11. PROVINCIALE, Math.	B. méd.	
12. SCALARE, Math.	Id.	
13. SEMIGRANULOSUM, Lamk.	B. par.	
14. SUBULA, Desh.	Id.	
15. *terebellatum* (Potamide), Mill.	Id.	

ACÉPHALES.

CONCHIFÈRES FLUVIATILES.

MYTILÉENS.

Genre 1er. — DREISSENA.

Espèces vivantes.

1. POLYMORPHA, V. Beneden.	Fr. sept., le Rhin, l'Escaut, la Seine, Meuse, Moselle.

Espèces fossiles.

1. ACUTIROSTRIS (Goldf.), d'Orb.	B. aquit.
2. ANTIQUA, Mell.	B. par.

3. *assimilata*, Mill. B. parisien.
4. BASTEROTI (Desh.), Bronn. B. par. et aquit.
5. SERRATA, Mell. B. par.

NAYADES.

—

Genre II. — ANODONTA.

Espèces vivantes.

1. ANATINA, Lam. Fr. ent., les fleuv. les riv., les ruisseaux.

Var. *Anod. minima*, Millet. Main.-et-Loir., ruiss. de Ségré
Var. *Anod. rostrata*, Kokeil. La Gar., le Drot, le Gers, la Baïse.

Var. *Anod. exulcerata*, Villa. Arles.

2. *Arelatensis*, Jacquemin. Les ruiss. les étangs d'Arles.
3. *Cellensis*, Pfr. Fr. ent., la Bastide près Bord., la Gar., le Gers, l'Adour, les étangs du litt. aquit.

Var. *sulcata*. L'Adour, le Luy près de Dax.
Var. *media*. La Bastide, l'Adour, Port-de-Lannes.

Var. *inflata*. Les Bassins de Montferrand de l'Isle–Jourdain.

4. *courctata*, Mich. (*Anod. anatina*, var.). Jura, Troyes, l'Ourse à Bar–sur–Seine.
5. COMPLANATA, Zgl. (*Anod. Jobœ*, Dup.). La Fr. ent., la Loire, la Garonne, l'Adour.
6. CYGNEA, Drap. Fr. ent., les fleuves, les riv. les étangs du litt. aquit.
7. *Dupuyi*, Ray et Drouet. Troyes, Bar-sur–Aube, Vitry-le-Franç., Metz, Abbeville.
8. *elongata*, Hollandre. L'Oise, la Meurthe, la Moselle, la Charente.

9. GRATELUPEANA, Gassies.   La Gar., la Loire, la Seine,
                             St-Macaire, Paillet, Rions
                             près Bordeaux.

   Var. *complanata*.   Les nasses de la Gar., Agen.
   Var. *globosa*.   Id.   à St-Macaire.
   Var. *minima*.   Id.   à Rions.
10. *intermedia*, Lam.   La Loire, la Meuse, le Thouet,
                             la Maine, l'Auverg., Finist.

11. MILLETII, Ray et Drouët. Troyes, la Rance, le réserv.
                             de Montabert (Aube), Lyon.

12. MINIMA, Millet.   Maine-et-Loire, l'Oudon et ses
                             affluents.

13. *Normandi*, Dup.   L'Escaut à Valenc., Abbeville
                             (la Somme).

14. *Moulinsiana*, Dup.   Etangs du litt. aquit., celui de
                             Cazeaux.

15. *oblonga*, Millet. (aff. *Anod. cellensis*). Oise, la Loire, la Maine,
                             la Mayenne.

16. *ovalis*, Req. (aff. *Anod. anatinæ?*) Corse, Ajaccio.

17. PISCINALIS, Nilson.   Fr. ent., Arles, canal de la
                             Dord., la Gar., l'Adour.

   Var. *complanata*, Gassies. La Garonne, le canal.
   Var. *elongata*, Gassies.   Id.   Sos, Souelles.

18. PONDEROSA, C. Pfr. (*Anod. piscinalis*, Gass.). Fr. ent., la
                             Somme, la Gar., la Moselle,
                             l'Adour, Abbeville, Valen-
                             ciennes, Metz, Paris, Agen.

19. *Rayii*, Dup. (*Anod. anatinæ*, var.). Aube, la Troude, près
                             Troyes, Oise, Calvados?

20. *Rossmassleriana*, Dup. S.-O. de la Fr.. le Gers, la
                             Baïse, la Gimonne, la
                             Mayenne, les étangs du
                             litt. aquit.

21. *rostrata*, Kokeil.   La Garonne, le Drot, le Gers,
                             la Baïse, Troyes, Arles,
                             Fernex, Rioms.

22. *Scaldiana*, Dup.   L'Escaut à Valenciennes.

23. *subponderosa*, Dup. (*R. ponderosa*, var.). Abbeville, Gers,
Maine-et-Loire, Charente.
24. *ventricosa*, Pfr. (aff. *Anod. cygneæ*). Fr. sept., Oise, Abbeville, Boulogne, Avesnes,
Valenciennes.

Espèces fossiles.

1. ANTIQUA, C. d'Orb.	Id.
2. AQUENSIS, Math.	B. médit.
3. CORDIERII, C. d'Orb.	B. par.
4. *Daubreana*, Schimp.	B. als.

Genre III. — UNIO.

Espèces vivantes.

1. *Aleroni*, Massot.   Pyr.-Orient., Perpig., les
ruisseaux.
2. *amnicus*, Zgl. (*Un. amnicus*. Zal. var.). Manche, Morbihan,
Oise, Vosges.
3. ARARIS, Barbié. (spec. nov.).   La Saône, Dijon.
4. *arcuatus*, Bouchard.   Fr. occ., Calvad., P.s-de-Cal.
5. *Ardusianus*, Reyniés (*Un. Requienii*, var.). Ardus, Montaub.
6. ASTIERIANUS, Dup. (*Un. littoralis*, var.). Fr. mér., les étangs
d'Arles.
7. ATER, Nilsson.   Le S.-O. de la Fr., la Leyre,
près la Teste, Vosges.
8. *Barraudii*, Bonhome. (*Un. sinuatus*, var.?). Aveyr., Corrèze.
9. BATAVUS, Lam.   Fr. ent., le Rhin, Lescaut, la
Loire, la Seine, la Garon.e,
la Dord.,l'Adour, les Gaves.
10. BIGERRENSIS, Millet.   Les Gaves, l'Adour, Hautes et
Basses-Pyrénées.
11. CAPIGLIOLO, Payr. (*Un. Baudinii*, Kust.). L'Isère, le Gers,
l'Arros, Pyr., or., Corse.
12. *corrugatus*, Mauduyt.   La Vienne, la Charente.
13. CRASSUS, Retz.   Fr. sept. orient.
14. *Deshayesii*, Mich.   Finistère, Calvados, Morbihan, étangs du litt. aquit.

15. *Draparnaldi*, Mich., Desh. (*Unio littoralis*, var.?). Bass.-Pyr.

16. *Drouetii*, Dup. (*Un. batavus*? var.). Yonne, Aube, le canal du chât. du Cours, pr. Troyes.

17. ELONGATUS, Lam.   Fr. sept. centr. occ., Finist., Calv., Corrèze, H.-Loire.

Var. *elongatulus*, Pfr.   H.es et B.es Pyr., les Gaves, les Luys.

18. JACQUEMINII, Dup. (*Un. arcuata*, Jacq.). Les étangs d'Arles.

19. *Limaniœ*, Bouillet (*Un. Requienii*, var.). Puy-de-Dôme, Cantal.

20. LITTORALIS, Drap.   Fr. ent., fleuv., riv., ruiss., étangs.

Var. *elongatissimus*, Dup.   Les étangs d'Aureillan et du litt. aquit., l'Arros.

Var. *Bigorriensis*, Gass.   Bigorre, Pyr., la Gélise.

Var. *compressa*, Gass.   Le Lot, le Gers, la Charente.

Var. *subtetragona*, Gass.   Le Lot, la Baïse, la Gélise.

Var. *subtrigona*, Dup.   Le Gers, la Baïse.

Var. *subrotunda*, Dup.   L'Echez.

21. MANCUS, Lam. (*Un. elongatulus*, Dup.). Fr. mérid. or. centr. La Drée (Bourgogne).

22. *Margaritiferus*, Retz (*Un. sinuatus*, var.?) S.-O. de la Fr.. Lot, Gers, Gar., Adour, Luy.

23. *Michaudianus*, Des M. (*Un. tumidus*? var.). Dord., les viviers.

24. MOQUINIANUS, Dup.   H.es et B.es Pyr., l'Arros, la Leyre, les étangs du litt. aquit.

25. *Moulinsianus*, Dup. (*Un. corrugatus*, var.?) Le Cher, la Gar.

26. NANUS, Lam.   Fr. mér. or., Champagne, Franche-Comté, Dauphiné.

27. OVALIS, Gray (affin. *Un. Batavo*). La Loire, la Maine, la Char.e

28. *Philippi*, Dup. (*Un. decipiens*, Parr.) Pyrénées, les Gaves, Bayonne.

29. *Pianensis*, Farin.   Pyr. or., ruiss. de Pia, près Perpignan.

30. PICTORUM, Drap.   Fr. entière, le Rhin, l'Escaut, la Garonne, Gers, Meuse, Meurthe, Char.te, Adour.

Var. *major*.   La Garonne, Rions, Cadillac.

Var. *minor*.   Id., Paillet, St-Macaire.

Var. *rostrata* (an spec.?) La Garonne, Saint-Macaire.

Var. *curvirostris*,   La Garonne, l'Adour.

31. PLATYRINCHOÏDES, Dup. Les étangs du golfe aquit.

32. REQUIENII, Mich.   Fr. mér., cent., Gar^ne., Adour.

Var. *complanata*, Gassies. Nasses de la Garonne.

Var. *ponderosa*, Gassies. L'Auvignon.

Var. *radiata*, Gass. Nasses de la Garonne.

Var. *senellensis*, Gass. Senelles.

Var. *minima*, Gass. Le Drot, la Baïse, la Garonne.

33. *Reyniesii*, Mich.   Fr. mérid.

34. *Ronsii*, Dup. (*Un. Requienii*, var.?) Ruisseau de l'Auroue, dans le Gers, Troyes.

35. ROSTRATUS, Mich. (*Aff. Un. pictoris*). Fr. pr. ent., le Rhône, l'Isère, la Meuse, Moselle, Meurthe, Garonne, Char.^te, l'Adour.

36. ROYSII, Mich.   Fr. sept., occ., Tour-la-Ville, près de Cherb.g (Manche).

37. SINUATUS, Lam. (*Un. crassissimus*, Fér. ex Rss.). Fr. pr. ent., le Rhin, la Meuse, la Seine, le Rhône, la Loire, la Dordogne, la Garonne, la Charente, l'Adour, le Tarn, etc.

Var. *Garumnæ*. Grat. Garonne, Rions, St-Macaire.

Var. *major*, Reyniez. Le Lot, le Gers, l'Adour, l'Aveyron.

Var. *arcuata*, Gassies. La Garonne.

Var. *contrarius*, Reyniez. La Garonne.

38. *Subtetragonus*, Mich. (*Un. littoralis?* var.). La Garonne, la Loire, l'Aveyron, le Touch, ‹ l'Arros, Basses-Pyrénées, l'Adour, le Luy.

Var. *minor*, Gr.   La Garonne, à Caudrot près Langon.

39. *tumidus*, Pfr., Retz (*Un. rostratus*, var?) Oise, Pas-de-Calais, Charente.

40. TURTONII, Payr., Dup. — Fr. presq. ent., Grasse, Perpignan, Troyes, le Clain, la Voue près Poitiers, la Garonne, l'Adour, Corse.

Espèces fossiles.

1. ANODONTOIDES, Noul. — B. aquit.
2. BOSQUIANA, Math. — B. médit.
3. BREVIPLICATUS, Noul. — B. aquit.
4. CUVIERII, Math. — B. médit.
5. FLABELLIFER, Noul. — B. aquit.
6. GALLOPROVINCIALIS, Math. — B. médit.
7. GARDANENSIS, Math. — Id.
8. INCERTA, M. de Serr. — B. médit.
9. LACAZIANA, Dup. — B. aquit.
10. LARTETII, Noul. — Id.
11. LATIPLICATUS, Noul. — Id.
12. LAYMONTIANUS, Noul. — Id.
13. ROUXII, Noulet. — B. médit.
14. STRICTIPLICATUS, Noul. — B. aquit.
15. SUBRUGOSA, Math. — B. médit.
16. SUBTRIGONUS, Noul. — B. aquit.
17. TOULOUZANII, Math. — B. médit.
18. TRANSVERSALIS, M. de Serr. — Id.
19. TRUNCATOSUS, Mich. — B. par.
20. VENTRICOSA, Bouill. — Id.

CYCLADÉENS.

Genre IV. — CYCLAS (*Sphærium*, BOURGUIGNAT).

Espèces vivantes.

1. BROCHONIANA, Bourguig. — Fr. presq. ent., Troyes, Corse.
2. CORNEA, Lin. — Fr. entière, Corse.
   Var. *Cyclas nucleus*, Stud. — Agen, Saint-Marcel.
   Var. *umbonata*, Gassies. — Ruisseaux des Landes.
3. FONTINALIS, Drap. — Fr. presq. entière.

4. JEANNOTII, Norm.   Avesnes (Nord).
5. LACUSTRIS, Drap.   Fr. entière, surtout septent.,
                                       Agenais.
6. OVALIS, Féruss. (*Sphær. Desayesian.* Bourg.), Fr. presq. entière,
                                       Paris, Lyon, Angers.
7. PALUSTRIS, Lin.   Fr. entière.
8. *rivalis*, Mull. (*Aff. Cycl. scaldianæ*). Fr. entière.
    Var. *subrotunda*, Gassies.   Agenais.
    Var. *Cycl. isocardioides*, Norm. Nord, Agenais.
9. RIVICOLA, Lam. (*Affin. Cycl. corneæ*). Fr. presq. entière.
    Var. *rugulosa*.   La Seine, la Garonne.
10. RYCHOLTII, Normand.   Fr. sept., or., Raismes, Aube,
                                       Vicoigne près Valencienn.
11. SCALDIANA, Norm.   Fr. sept., le Rhin, l'Escaut.
12. SOLIDA, Norm.   Fr. sept., le Rhin, l'Escaut,
                                       Valenciennes, Lyon.
13. TERVERIANA, Dup.   Auch, à la Boubée, Vandeu-
                                       vre (Aube).

Espèces fossiles.

1. AQUÆ-SEXTIÆ, Sow.   B. médit.
2. CONCINNA, Sow.   Id.
3. COQUANDINA, Math.   Id.
4. CORNEA (L.), Lamk.   Id.
5. GARDANENSIS, Math.   B. médit. et par.
6. GARGASENSIS, Math.   Id
7. GIBBOSA, Sow.   B. médit.
8. LACUSTRIS, Drap.   Id.
9. NORMANDI, Mich.   B. bress.
10. NUMISMALIS, Math.   B. médit.
11. TRANSVERSA, Lév.   B. par.
12. UNGUIFORMIS, de Boiss.   Id.
13. VERNEULII, de Boiss.   Id.

Genre V. — PISIDIUM.

Espèces vivantes.

1. AMNICUM, Mull. (*Aff. Pisid. obliquo*, C. Pfr.). Fr. presq. ent.
    Var. *nitida*, Gassies.   Saint-Ferréol.

2. Baudonianum, de Cessac. — Ch. de Mouchetard, (Creuse).
3. Bonnafouxianum, de Cessac. — Id. Id.
1. calyculatum, Dup. (*Sphærium*). Fr. ent., fleuv., riv., étangs.
  Var. *major*, Gassies. — La Garonne, envir. d'Agen.
  Var. *mamillare*, Gassies. — Les nasses de la Garonne.
5. casertanum, Poli. — Fr. ent., la Garonne, Agen, Bordeaux, Dax.
6. cinereum, Alder. — Fr. presq. ent., Oise, Creuse, Pyr., Bordeaux, Agen, etc.
  Var. *Pis. australe?* Philippi. — Agen.
7. Dupuyanum, Norm. — La Garonne, Agen.
8. fontinale, Jenyns. — Oise, la Seige à Gradignan près Bordeaux.
9. Gassiesianum, Dup. — Oise, la jalle du Thil près Bordeaux, Agen, le Gers.
10. globulosum, Gassies. — Bordeaux, Agen, Dax.
11. Henslowianum, Jenyns. — Oise, la Garonnelle, à Sainte-Croix-du-Mont près Bordeaux, Agen.
12. intermedium, Gassies. — Bordeaux, Agen, la Garonne, l'Adour.
13. Jaudouinianum, Gassies. — Id. Id. Id.
14. *Iratianum*, Dup. — Fr. ent.
15. *lenticulare*, Dup. — Oise, Creuse, Troyes, Valenciennes.
16. limosum, Gassies. — Agen, Blanquefort près Bord.
17. nitidum, Jenyns. — Oise, Bordeaux, Agen, Dax.
18. Normandianum, Dupuy. — Creuse, Gers, Lot-et-Garon., Gironde, Valenciennes.
19. obtusale, Pfr. — Bordeaux, Agen, Valenciennes, Dax.
20. pallidum. Gassies. — Bordeaux, Agen, Dax.
21. pulchellum, Jenyns. — Fr. occ., mér., Oise, Creuse, Gironde.
  Var. *major.*, Gassies. — Agen.
  Var. *minor.*, Gassies. — Bordeaux, Agen.
22. pusillum, Turton. — Fr. pr. ent., Bord. Dax, Montpr. Valenciennes, Avesnes.

23. RECLUSIANUM, Bourguignat.   Boulogne-sur-Mer.
24. *rotundum*, de Cessac.   Creuse, Mouchetard.
25. *sinuatum*, Bourguignat.   Oise, Aube.
26. THERMALE, Dup.   H.^{tes}-Pyr., Barèges, l'étang
                                      d'Éredlitz, 1800m d'altitud.
                                      (de Saulcy).

Espèces fossiles.

1. AMNICUM (Mull.), Jen.   B. médit.
2. BRONGNIARTINUM (Math.), Bourg.   B. médit. et par.
3. CUNEATUM (Sow.), Bourg.   B. médit.
4. DENAINVILLIERSI (De Boiss.).   B. par.
5. LÆVIGATUM (Desh.), Bourg.   B. par. et médit.
6. NUCLEUM (De Boiss.), Bourg.   B. par.
7. PRÆTERMISSUM, Noul.   B. aquit.
8. RILLYENSE (De Boiss.), Bourg.   B. par.

Genre VI.— GLAUCONOME.

Espèces vivantes..

. . . .
. . . .

Espèces fossiles.

1. CONVEXA (Al. Br.), Desh.   Id.
2. PLANA (Al. Br.), Desh.   Id.

Genre VII.—CYRENA.

Espèces vivantes.

. . . .
. . . .

Espèces fossiles.

1. ALPINA (d'Orb.), Bourg.   B. médit.
2. ANGUSTIDENS, Mell.   B. par.
3. ANTIQUA, Fer.   Id.
4. ARNOUDII, Pot. Mich.   Id.

5. BRONGNIARTII, Bast.	B. aquit.
6. CHARPENTIERI, Pot. Mich.	B. par.
7. CRASSA, Desh.	Id.
8. CUNEIFORMIS, Sow.	Id.
9 CYCLADIFORMIS, Desh.	Id.
10. DEPERDITA, Desh.	Id.
11. DEPRESSA, Desh.	Id.
12. DESHAYESII, Héb.	Id.
13. *Dumasii*, M. de Serr.	B. médit.
14. FERRUSSACI, Math.	Id.
15. GESLINI, Desh.	B. aquit.
16. GLOBOSA, Math.	B. médit.
17. GRAVESII, Desh.	B. par.
18. INTERMEDIA, Mell.	Id.
19. MAJUSCULA, Goldf.	B. médit.
20. OBLIQUA, Desh.	B. par.
21. ORBICULARIS, Mell.	Id.
22. BISUM, Desh.	Id.
23. ROUYANA (D'Orb.), Bourg.	B. médit.
24. SEMISTRIATA, Desh.	B. par.
25. *subangulata*, Lév.	Id.
26. TELLINELLA, Fér.	Id.
27. TELLINOIDEA, Bouill.	Id.
28. TRIGONA, Desh.	Id.
29. VAPINCANA (d'Orb.), Bourg.	B. médit.

FIN.

ERRATA.

ADDENDA.

Page.　N.º
8, 79. HEL. INTERSECTA, var. *scalaris*, Mich. — Bordeaux.
8, 71. HEL. HORTENSIS, var. *Ludoviciana*, D'Aum. Drouët.
　　—Auvergne.
9, 92. HEL. NEMORALIS, var. *albina*. — Ariège.
　　Var. *diaphana*. — Pyrénées.
9, 95. HEL. NITIDA, var. *sinistrorsa*, Gassies. — Agen.
9, 100. HEL. OBVOLUTA, var. *scalaris*, de Ch. — Fr. sept.
10, 123. HEL. ROTUNDATA, var. *albina*, Fér. —Fr. occ. mér.
　　Var. *scalaris*, Fér. — Fr. occ. mérid.
10, 125. HEL. RUFA. — Espèce étrangère à la France.
10, 133. HEL. SPLENDIDA, var. *pellucida*, Pfr. —Pyrén. orient.
　　Var. *subscalaris*, — Provence.
10, 138. HEL. SYLVATICA, var. *scalaris*. —Fr. mérid. orient.
11, 146. HEL. VERMICULATA, var. *scalaris*. — Marseille.
　　Var. *sinistrorsa*, Fér. —Fr. mérid.
11, 149. HEL. ZONATA, var. *scalaris*. — Hautes-Alpes.
15, 1. BULIM. ACUTUS, var. *sinistrorsa*, Gass. — Bordeaux.
16, 5. Après ACHAT. LUBRICA, ajoutez :
　　N.º 6. ACH. LUBRICULA, Fér. — Lyon.
18, 　　Après N.º 31, ajoutez :
　　N.º 31 bis. PUP. PAPYRACEUS, Terv. ined.?— Lyon.
21, 9. CLAUS. DUBIA, var. *inflata*, Goupil. — Sarthe.
21, 　　Après N.º 14, ajoutez :
　　N.º 14 bis. —CLAUS. MARMORATA, Zgl. — Lyon.
20, 3. CLAUS. BIDENS, var. *dextrorsa*, Boub. Ceret. — Près
　　Perpignan.
30, 2. PLAN. CARINATUS, var. *subscalaris*, Gr. —Dax, Bord.
31, 14. PLAN. MARGINATUS, var. *monstrosa*, Barbié. —Dijon.
33, 5. ANCYLUS FLUVIATILIS, var. *thermalis*, Boub. — Bagn.-
　　de-Bigorre. — 24º R.

RÉSUMÉ NUMÉRIQUE DES MOLLUSQUES

DE LA FRANCE CONTINENTALE ET INSULAIRE

DISPOSÉS PAR ORDRES, FAMILLES, GENRES ET ESPÈCES.

Classe I. — MOLLUSQUES CÉPHALÉS.

1.er Ordre. — GASTÉROPODES TERRESTRES.

Familles.	Genres.	Esp. viv.	Esp. dout.	Esp. fossil.
1. LIMACIENS	1. Arion. . . .	12	2	»
	2. Limax . . .	22	11	2
	3. Testacella. .	5	»	5
	4. Parmacella .	2	»	1
2. HÉLICÉENS	5. Vitrina . . .	10	4	1
	6. Succinea . .	9	»	1
	7. Helix	149	16	132
	8. Lychnus . .	»	»	3
	9. Bulimus . .	8	1	1
	10. Achatina . .	5	»	10
	11. Azeca. . . .	2	1	»
	12. Pupa	47	2	24
	13. Megaspira. .	»	»	1
	14. Clausilia . .	37	9	5
3. CYCLOSTOMIENS.	15. Cyclostoma.	3	»	37
	16. Pomatias . .	7	»	
	17. Ferussina. .	»	»	5
4. AURICULÉENS.	18. Auricula . .	»	»	30
	19. Carychium .	6	1	2
	20. Acme. . . .	3	»	»
	21. Vertigo. . .	7	1	4

2ᵉ Ordre. — GASTÉROPODES FLUVIATILES.

Familles.	Genres.	Esp. viv.	Esp. dout.	Esp. foss.
5. Limnéens. . . .	22. Physa. . . .	5	»	11
	23. Limnea. . .	24	9	59
	24. Planorbis. .	24	8	54
	25. Ancylus. . .	17	5	5
6. Paludinéens . .	26. Valvata. . .	5	1	7
	27. Paludina . .	5	»	27
	28. Bithinia. . .	31	9	
	29. Paludestrina	»	»	43
7. Mélaniens . . .	30. Melania. . .	»	»	17
	31. Melanopsis .	1	»	19
8. Néritéens . . .	32. Neritina. . .	7	1	23
9. Céritéens. . . .	33. Potamide. .	»	»	15

Classe II. — MOLLUSQUES ACÉPHALES.

3.ᵉ Ordre. — CONCHIFÈRES FLUVIATILES.

10. Mytiléens . . .	34. Dreissena. .	1	»	5
11. Nayades	35. Anodonta. .	24	16	4
	36. Unio	40	19	20
12. Cycladéens . .	37. Cyclas . . .	13	1	13
	38. Pisidium . .	26	4	8
	39. Glauconome	»	»	2
	40. Cyrena . . .	»	»	29
12	40	557	121	640

RÉCAPITULATION.

Ordres.	Familles.	Genres.	Esp. vivantes.	Esp. fossiles.
1. Gastéropodes nus. . .	1	4	41	8
2. Gastéropodes ter. test..	3	17	293	271
3. Gastéropodes fluviatil.	5	12	119	280
4. Conchifères fluviatiles.	3	7	104	81
4 ordres	12 fam.	40 genr.	557 esp. viv.	640 fossil.

BORDEAUX, — IMPRIMERIE DE TH. LAFARGUE, LIBRAIRE.

www.ingramcontent.com/pod-product-compliance
Lightning Source LLC
Chambersburg PA
CBHW070819210326
41520CB00011B/2021